世界名著好享读（原版插画典藏版）

南来寒 主编

狐狸犬维克的故事

［美］玛丽·莫尔·马什 著

黄 珊 译

人民东方出版传媒

東方出版社

图书在版编目（CIP）数据

狐狸犬维克的故事 /（美）玛丽·莫尔·马什著；南来寒主编；黄珊译. —北京：东方出版社，2017.4

（世界名著好享读）

ISBN 978-7-5060-9577-8

Ⅰ.①狐… Ⅱ.①玛… ②南… ③黄… Ⅲ.①儿童小说－长篇小说－美国－现代 Ⅳ.①I712.84

中国版本图书馆CIP数据核字（2017）第076115号

狐狸犬维克的故事

（HULIQUAN WEIKE DE GUSHI）

［美］玛丽·莫尔·马什 著　南来寒 主编　黄　珊 译

策划编辑：鲁艳芳
责任编辑：周　朋　张　琼
装帧设计：
出　　版：東方出版社
发　　行：人民东方出版传媒有限公司
地　　址：北京市东城区东四十条113号
邮政编码：100007
印　　刷：北京文昌阁彩色印刷有限责任公司
版　　次：2017年11月第1版
印　　次：2017年11月北京第1次印刷
开　　本：880毫米×1230毫米　1/32
印　　张：3.75
字　　数：72千字
书　　号：ISBN 978-7-5060-9577-8
定　　价：28.00元
发行电话：（010）85924663　85924644　85924641

丁尼和维克

海伦和年轻人

多莉和约翰的新家

约翰、多莉和维克后来一直生活在这里

年老的维克常常靠着壁炉躺着

重寻名著阅读的愉悦和享受

直到现在，我仍然不会忘记小时候读的第一本世界名著——《安徒生童话》。那时候，丑小鸭不同寻常的经历，总是让我心潮澎湃；寻找钟声的王子和穷人家的孩子那份对美好的向往和执着追求，更是让彼时稚嫩的我热血激荡……每一个奇妙曲折的小故事，都会带我走进一个不一样的世界，从那时起，我就开始一本接一本地读起了名著，它们就像是有一种让人难以自拔的魔力。名著里的那些故事，虽来源于我们的生活，但经过大师们的演绎之后，又将一个个我们意想不到的画面呈现在我们面前，充满了无穷的想象力。

童年的阅读经历对我的成长起到了至关重要的作用，所以我想让现在的孩子们像那时的我一样，能够同样获得美妙的阅读体验，将那些充满奇幻色彩和诗情画意的故事一代代传承下去。

然而，犹记得，我孩童时代的名著图书，几乎没有什么插图，封面和装帧设计也乏善可陈。如今的孩子，阅读的可选择面广阔多了，很多时候，阅读变成了老师的作业、父母的安排！如何让当下的孩子们重拾我当年阅读名著时的愉悦和享受，让他们发自内心地去阅读、去探究，成了我念兹在兹的一种理想。

基于这个纯粹而又迫切的初衷，经和东方出版社编辑鲁艳芳女士协商，策划了这套“世界名著好享读”系列图书，将一些真正适合孩子们阅读的名著翻译出版，作为一份迟来的礼物献给孩子们，希望还赶得及填补那一块为名著而预留的阅读空白。

这套“世界名著好享读”丛书，涵盖了童话、寓言、诗歌、小说和历史知识等不同内容和体裁，包含了亲情、自然、探险和历史等不同题材的作品，意在让孩子们获得全方位的阅读体验。一直以来，我都秉承尊重原著的原则，所以这套书的底本均选用了美国长期从事经典名著出版的亨利·阿尔特姆斯出版公司的原版初印权威版本，相信这对于每一个渴望阅读的孩子来说，都将是一场愉悦身心的文学盛宴。

在这套图书中，《安徒生童话》《格林童话》《伊索寓言》这些耳熟能详的童话寓言故事，会让孩子们初识社会，了解人性的善恶、美丑、真伪；《爱丽丝漫游仙境》《爱丽丝镜中奇遇记》《沉睡的国王》将带孩子们一次次进入梦幻之乡，让他们的想象力得到大幅提升；《海角乐园》《冰海惊魂》《哥伦布发现美洲》会携孩子们进入开拓探险的世界，告诉他们什么是坚韧，如何变得更勇敢。至此，请原谅我，将好东西藏在了后面，那就是在这套书中，我将遗失已久、几代人都无缘读到的名著——《穆福太太和她的朋友们》《图茜小姐的使命》《狐狸犬维克的故事》千方百计地寻觅出来，其中所经历的艰辛在此我不加赘述，我只想借由这三本书此次的重磅登场，让孩子们幸运地重新亲近这些顶级的作家和他们的作品。最后，我当然也不会辜负那些喜爱戏剧的孩子，在这样的精神大餐中怎么能缺少戏剧界的旷世奇才——莎翁的作品呢？为了降低阅读难度，我特意选取了英国著名作家查尔斯·兰姆和他姐姐共同改编的《莎士比亚戏剧故事集》，让孩子们可以无障碍地步入莎翁的世界。

好了，喜爱精美插画的孩子们，先别着急，我并没有忘记要满足你们这个合情合理的需求。我深知，优秀的插画除了要有色彩、线条、构图的外在形式美之外，更重要的是要具备作品内容所呈现出的内在意蕴美。“世界名著好享读”系列图书是我从事图书策划工作以来整理的插画量最大的一套书，其中很多种图书的插画量达到一百多幅，更有甚者，《鹅妈妈童谣与童话故事集》的插画量竟达到了近二百幅，堪称名著的绘本版了。此外，为了完美彰显名著的神韵，书中所使用的每一幅插图都经过了细致入微的修复。海量的插画并没有成为文字的“附庸”，这些来自不同画家的手绘插画或者版画丰富了文字的内涵，对孩子们来说也是一种美育熏陶的过程。所以说，这不仅是一场阅读的狂欢，更是一次审美的嘉年华。

接下来，我要做的，只是把孩子们引领到安徒生、莎士比亚、史蒂文森、约翰·班扬、刘易斯·卡罗尔、霍桑……这些大师、巨匠身边，互作介绍以后，就安静地离开，就像钱理群先生说的：“让他们——这些代表着辉煌过去的老人和将创造未来的孩子在一起心贴心地谈话。”

那么，孩子们，接下来那些愉悦和享受的阅读时刻，就留给你们了。

稻草人童书馆总编辑 南来寒

二〇一六年八月于广州

· 目录 ·

第一章……………………………………………1

第二章……………………………………………10

第三章……………………………………………16

第四章……………………………………………23

第五章……………………………………………27

第六章……………………………………………33

第七章……………………………………………38

第八章……………………………………………41

第九章……………………………………………46

第十章……………………………………………53

第十一章…………………………………………59

第十二章…………………………………………64

第十三章…………………………………………67

第十四章 ……………………………………………75

第十五章 ……………………………………………81

第十六章 ……………………………………………88

第十七章 ……………………………………………95

第十八章 ……………………………………………101

第十九章 ……………………………………………105

译后记 ………………………………………………109

第一章

我出生在一间酒吧后面的空屋子里，刚出生就感觉到有一把刀划在我尾巴上，幼时的记忆便从剧烈的疼痛和一个男人的说话声开始：“这酒可都是上好的，马克，酒钱从我的工资里扣。”

那个时候我的眼睛还没睁开，看不到说话的男人长什么样，但我永远都记得当我忍着疼痛大哭出来的时候他发出的刺耳的声音和粗鲁的笑声。

我们家是个有着七个成员的大家庭，我的母亲很为我们感到骄傲。主人对我们很好，悉心地照料我们。尽管后来知道他是个很粗鲁的人，但我能打包票他知道该怎么照顾好动物。

记得我刚睁开眼睛的时候，发现我们所住的房子非常大，我感到很害怕，妈妈一直把我抱在怀里，直到我习惯了周围的环境。很快，我就变得活泼开朗，再远的角落也敢去，但是稍微一点儿声响就会把我吓得马上跑回去。

我是兄弟姐妹中胆子最大的，平时他们都跟在我屁股后面转。“呸！看我的！”我大胆地跑进房间后再跑回来，嘴里发出刺耳的尖叫声。他们也会跟着我一起做，然后跑回妈妈那里，场面很混乱，看起来就像是我们被自己的声音给吓到了一样。

有一次，我们在房间里玩一块木头，突然发现有块纱窗靠在墙角。我们害怕极了，躲在一个箱子下面，看都不敢看它一眼，甚至都不敢跑回妈妈身边。我们的小心脏跳得很快，慌慌张张地跑开，只想躲开这个让我们害怕的东西。我们躲在沙发后面，对着墙一阵大叫。妈妈笑着说我们真傻，根本没什么好怕的，虽然她这么说，但我们还是好几天都没敢靠近那个角落。

我的体形在兄弟姐妹中最大，长得也最壮实，妈妈最喜欢我。我的一个弟弟体形最小，看起来最弱，也很容易害怕。我最喜欢他，也会像妈妈照顾我一样照顾他。当他们闹得太凶的时候，他会跑到我身边，让我保护他。他又瘦又小，一点儿也不像我们，主人还担心他营养不良，特意给他加餐。

有一天，主人带了几个人进来。我们的主人又肥又圆，好像很乐意带别人来看我们，所以我们也习惯了，一点儿都不害羞。我们在他们脚边跑来跑去，撕扯他们的裤腿儿。

主人管那几个人叫“孩子们”，他们跟主人一样高大，除了其中一个个子比较矮。他们的头发是灰色的，看上去已是中年人。个子比较矮的那个，头发是黑色的，留着黑色的胡须，脸颊是红色的，他的声音听起来很温柔，每次他对我们说“快过来，小家伙们”，我们都会跑过去，就连我那弱不禁风、胆小的弟弟也会跑过去。

年轻人温柔地抚摸着我们，温声细语地跟我们说话，看看我，然后把我举高。“她是你们中长得最好的。”他说，然后他给围在他身边的其他小狗诉说我的优点。他说我的耳朵位置很正，我的爪子很壮，我的肩膀和前脚是他见过最棒的。然后他夸我的脚，还说我的毛色很好，我们当中他最喜欢我。

他把我放下来，对主人说：“马克，等她长大了我把她带走吧。”我注意到他这么说的时候，妈妈把尾巴夹在两腿之间，悄悄地躲在了一个桶后面。当时我并不明白这话是什么意思，而且我还沉浸在被夸奖的喜悦之中。

那几个人一直在谈论我们，说喜欢这个品种之类的话。然后一个脸蛋儿发紫、长着白胡须的秃头，睁大眼睛笑着对那个年轻人说：“吉姆，你怎么会挑这只有黑色斑块的呢？我们还以为你会挑草莓色的那只。”我们的毛色都是白色的，但我头上有一撮黑色和黄褐色的斑块，其他小狗有些长了橙色或者栗色的斑块。

那个叫吉姆的年轻人笑了笑，没有说话。他低下头看我那弱小的弟弟，我看见他的脸颊比之前更红了，他抱起我那可怜的瘦弱的弟弟，温柔地抚摸他。

“马克，”他说，“得给这只小狗吃点儿药才行啊。”

“是啊。”我的主人回答道，“我已经观察他一段时间了，我会让他好起来的。”然后他们都出去了。

等他们离开之后，我去找妈妈。她仍然躲在桶后面，连我们撞到她的腿，她似乎都没注意到。我们试着让她理会我们，终于，她来到我们待着的角落，看上去仍然很忧伤。我们很担心她，大家都变得很严肃。

我在她身边躺下，舔了舔她的脸和爪子，她发出长长的一声叹息，把头靠在我的脖子上。她告诉我，刚刚那些人的意思是等我再长大一点儿，就会把我从她身边带走。我懵懵懂懂，不过我感到很难过，这种感觉是从来没有过的。

我问妈妈，那几个人说的“品种”是什么意思。妈妈说：“小傻瓜，难道你不知道你是一只狐狸犬吗？这可是城里最有名的犬种。”我感到很骄傲，知道自己有着优良的血统之后，我把头抬得更高了。

我可怜的弟弟长得弱不禁风，一直浑身发抖，发出呜呜的声音。不久之后，主人用杯子装了热乎乎的饮料让他喝下去。那种饮料的味道很刺鼻，妈妈说是威士忌。

那个可怜的小家伙被威士忌呛得哭了起来，因为酒精在他喉咙里快要烧起来了。我说主人真残忍，但妈妈说他不是有意的，因为她经常看到人类喝这种东西，只是他们不知道这种酒对于小狗来说就是一种烈性药。

主人走后，弟弟痛苦地呻吟起来，哭着说他的身体里面快要着火了。他痛苦地挣扎着，在地上滚来滚去，我和妈妈舔舔他，希望可以减轻他的痛苦。过了一会儿，他安静下来，我很高兴，以为他就要好了，但是妈妈摇了摇头。很快，他的四肢变得僵硬，身体开始冷却，妈妈说他已经死了。

其他的小狗怕极了，都躲在墙角，我和妈妈待在弟弟身边，我躺在他身边想温暖一下他冰冷的身体。等主人回来之后，他惊讶地发现弟弟死了，然后就把他抱走了。从此之后，我们再也没有见过他。

我的兄弟姐妹们还是很害怕，只有在主人给我们喂食的时候，他们才会慌慌张张地跑出来，吃完东西后马上就躲起来。这一切在我看来是那么的无情，但是妈妈说这对动物来说是很正常的，总有一天我们会生病或者死去，只有少数个体可以战胜这种死亡带来的恐惧。

妈妈因为弟弟的死悲伤不已，变得越来越瘦弱，但是主人没有给她喝威士忌。他把她带到一个兽医那里，那个人很友善，了解妈妈的情况之后给她开了一些药。很快，妈妈的病有些好转了。

有一天，那个被妈妈说成是我未来新主人的年轻人又来看我了。他温柔地抚摸我，轻声细语地跟我讲话，我打一开始就很喜欢他。妈妈说，既然我是要跟这个年轻人走的，她也就没那么伤心了，因为她知道他会好好照顾我。在此之后，他频繁地过来看我，有时候会带几个朋友一起，骄傲地把我展示给他的朋友们看。他自豪极了，因为他给我取了个名字“维克”，他一叫我的名字，我就会跑到他身边。

待在空屋子里的小维克

有一天，他带了一位小姐过来，她个子高高的，金发碧眼，皮肤红红的，跟我妹妹耳朵的颜色一样。她没有进来，只是坐在远处的一辆马车里，我的新主人把我抱出去给她看。我的主人说这位小姐将会是我的女主人。他在我耳边悄悄地说我必须要好好爱她，因为他爱她胜过爱自己的生命，再过几个月，他们就要结婚了，我们三个会幸福快乐地住在一起。

他是在把我抱出去给马车上的小姐看的路上悄悄跟我说的。我摇摇尾巴，舔了舔他的耳朵，意思是我会尝试着去做他想让我做的事。

当我看到我未来女主人的时候，发现尽管她很漂亮，我却感觉我很难爱上她。我一开始就察觉到她并不喜欢狗，因为她看到我的时候就说："天哪，吉姆，你怎么能让那个可怕的畜生靠近你的脸呢？"

主人把我抱起来给她看时，她说我是一只丑陋的小野兽，长得跟荷兰猪一样。主人听到这话之后大笑起来，但这对我来说一点儿都不好笑。"看看她的尾巴，这里被切断了，不过看起来还蛮时尚的。"

那个小姐说："也就那个部位我还有点儿喜欢，看上去蛮时尚的。"

主人摸摸我的头，温柔地说："我觉得她的眼睛是最迷人的，看起来是那么清澈。"

那个小姐说的话，我讲给了妈妈听。妈妈叹了一口气，说她担心我的主人以后会受那位小姐的气。

要是你觉得我很少提到我的兄弟姐妹们，千万不要以为我不喜欢他们，其实是因为没什么好讲的。我们这一家都是健康、快乐的小狗，跟世界上其他的小狗一样喜欢玩耍。每只狗都有自己的性格，当然，每只狗的身上也都跟我一样发生过生动有趣的故事，但是，自从那天我离开之后，我就再也没有听到过任何关于他们的消息。

新主人带我走的那天，天气很晴朗，我听到酒保说我们都已经长大了，可以离开妈妈了。其他的小狗也都被卖给别人了，只是还没有被带走，所以我们暂时还是一个完整的家庭。

我希望我是第一个被带走的，因为我无法忍受我的兄弟姐妹们被一个个带走。有一天，有个跑腿的过来说："把吉姆要的那只狗抓来，你应该知道是哪只，就是浑身白色、耳朵黑色的那只。"我知道我离开的时间到了。

妈妈又藏在那只桶后面不出来，我的心跳得很快，躲到妈妈后面。我听到新主人喊道："马克，还是我自己来吧。"然后我冲着他跑过去。

他把我抱在手里抚摸我，然后低下头摸了摸妈妈的背，手伸到桶后面去抱妈妈。

"可怜的妈妈！让他们离开，你很难受吧？"他轻轻地说。

我知道妈妈听到了他说的话，虽然她不会从那个黑乎乎的角落里出来，但是她转过身舔了舔他的手。妈妈难过地发出呜呜的声音时，我看到主人的眼睛里闪着泪光。

因为我之前太害怕了，所以没有注意到，不过现在发现我的主人变瘦了，脸蛋儿也没有那么红润了，变得有点儿惨白，之前眼睛里闪耀着的愉悦和快乐也都消失了。

他把我装到大衣的口袋里，再次同情地摸了摸我的妈妈，然后我们永远地离开了这个宽敞的空屋子。

第二章

主人把我放在一间大办公室的办公桌上。经过长途跋涉，我累得半死，也害怕极了。办公室里有几个人坐在座位上写东西，他们看见主人后都抬起头来打招呼，大部分人都走过来看我。我极度害怕，站都站不稳。等那些人都回到座位上之后，我才鼓起勇气抬头看看那个正在跟主人低声谈话的人。

那个人看上去很年轻、很友善，戴着近视眼镜。他的衣着没有我主人的那么漂亮，但也干净整洁。尽管他没有我的主人长得英俊，却也有着一副让人信赖的面孔。

我看着他们，聆听着他们的低声细语，然后注意到他们的谈话内容。令我惊讶的是，我发现我不是要跟吉姆回家，而是要被这个慈眉善目的年轻人带走。

我忍不住感到后悔，自己不应该一开始就爱上吉姆。现在这个年轻人虽然看上去是个好人，但是不能立刻取代吉姆在我心里的位置。

他们的谈话很快结束了。

“朋友，再见了。好好照顾维克，我过一段时间就会过去看她的。”吉姆说着，低下身子捏了捏我的脸。我舔了舔他的手腕以示再见，从此之后我再也没有见过吉姆。

吉姆走后，新主人在他桌子底下的废纸篓里给我弄了一个舒适的窝。有时候，他会伸出修长的手臂摸摸我的头，我用鼻子蹭蹭他的手指表示对他的感激。

我感到一阵疲倦，睡了一会儿，迷迷糊糊地听到两个人的说话声。

“吉姆看起来糟透了，”我的主人说道，“他真可怜，她在婚礼前最后一分钟把他给抛弃了。”

“她肯定也是这样对其他人的，相信吉姆会撑过去的。”另一个声音说道。

我的主人回答说：“这可不一定，他跟大多数男人不一样，婚礼对他来说很重要。”我知道他们在谈论那个金发碧眼的小姐，也明白了为什么我会有一个新主人。

显然新家很欢迎我的到来，主人刚打开他公寓的大门，里面就传来了一个甜甜的声音：“你带她回来了吗？”主人回答说：“她就在我的大衣口袋里。”我就知道他们说的是我。

主人一步两个台阶地跑上楼，抱住一个棕发的女人，吻了她一下，说：“我亲爱的妻子，看看我给你带来了什么，以后她就可以整天陪着你了。”然后他把我从口袋里掏出来，并告诉他的妻子说暂时不要太关注我，先让我适应一下环境，因为初来乍到的我非常胆小害羞。

那个小个子的女人在我身后坐下，用很温柔的声音跟我说："可怜的小狗，别害怕。"我站起来走向她，跳到她的膝盖上面，让她知道我并不像主人想的那样胆小。

刚开始的几天，我很安静地待在角落里，后来便大胆地从一个房间跑到另一个房间。

我的女主人没有雇仆人，家务活全部自己做，主人晚上回来的时候也会帮女主人做点儿。他们很快乐，做家务的时候会唱歌，还会开一些关于自己贫穷的玩笑。

尽管他们不是很穷，但是离富裕还差一大截。他们经常谈到债务，主人要尽可能地存点儿薪水来偿还。主人的名字叫约翰，女主人的名字叫桃乐茜，不过主人叫她多莉。

有时候，女主人看到主人破旧的外套和裤子会叹息，说："我可怜的约翰，穷得都没有新衣服穿。"这时，主人会大笑一声，把女主人抱在怀里，说他并不介意贫穷，他只在意她，然后他们会亲吻对方。每次他们这么说的时候，我就会比往常更爱他们。

跟女主人一起出门让我感到很自豪，因为他们都说我学得很快。其实是因为我很喜欢女主人，忍不住想靠近她。她经常带我去附近的超市或者外出办事，我一般都紧紧地跟在她身边。

刚开始的几天，我很安静地待在角落里

因此我差不多都认识了那些商人，每天早上都会有个屠夫友好地扔一块骨头给我吃。

有一天，女主人在街上遇到了熟人，然后停下来跟她聊天，我就在她们后面待着。她们聊了很长一段时间，我耐心地等她们聊完。街上的行人越来越多，道路开始变得拥挤，我被行人挤来挤去，最后被挤到一个角落里。我看到街上有个奇怪的绿眼睛的动物，浑身的毛发竖起来盯着我看。我知道这种动物叫作猫，但我从来没有这么近距离地靠近过一只猫，我有点儿好奇它到底长什么样子，于是大胆地走向它，它朝我发出咕噜咕噜的声音。

那只猫从我头上跳过，我灵活地转身，一把按住它的脖子，它挣扎着用爪子抓我的头。我们互相厮打着翻来滚去，直到最后，我不得不把它放开喘口气。等恢复了点儿元气之后，我又

绿眼睛的猫

开始斗志昂扬，马上又从后面抓住了它。我把它抓住，剧烈地摇晃，直到它浑身无力地倒了下去。

这时我听到一个声音说："瞧瞧她呀，多厉害！"我静下来看了很久，才发现有两个男孩儿爬过角落边上杂货店的栅栏，我马上能跑多快就跑多快，至于跑到哪里去了我自己也不知道。

我绕过那个角落，跑进了一条小巷子，再经过一片空地，跑到了另一条街上。我一心只想躲开那两个小男孩儿，完全没有发现自己的一只眼睛已经肿了，脸和耳朵都被划伤流血了，最要命的是，我发现我迷路了。

我的一只脚被咬伤，已经走不动了，浑身又湿又脏。当我走到水边想要喝点儿水解解渴的时候，我被自己的倒影给吓坏了，要是我的女主人看见我，可能也认不出我来。

我又累又困，像个无家可归的人一样四处游走，有时跟着一个人，有时又要躲开另一个人。当我精疲力竭的时候，我在马路边躺了下来，心想我可能就要死在这里了。

第三章

我躺着的这条街人迹罕至，这么久了我还没看到一个人影出现。后来我听见了缓慢的脚步声，一个拿着巨大牛奶瓶的老妇人走了过来，我想挣扎着爬过去，但动弹不得，只好发出痛苦的呻吟声来吸引她的注意。

老妇人把牛奶瓶放在路面上，然后抱起了我，用不大不小的声音说："可怜的小东西，把它带回家陪陪我也挺好的。"于是她拿起牛奶瓶继续往前走。

她把我裹在她的披肩下面，使我感觉非常暖和舒适。她温柔地把我抱在怀里，我可以感觉到她的手瘦骨嶙峋，没有多莉的手那么柔软顺滑。

老妇人来到一条没有铺砖的街道上，在一间简陋的棚屋前停住脚步，她把牛奶瓶放下，摸索着门钥匙。这时，屋内有个沙哑的声音传了出来："门没锁，进来吧。"于是我们就进去了。

房子很小，里面只有一个更小的里屋和一间阁楼。没有多少家具，一个碗柜、一个火炉、一张桌子、两张椅子，在里屋前有一张小的简易床，里边更小的房间里还有一张床。简易床上只有一些枕头和一卷被子，我的注意力全都集中在床上躺着的一个大约 12 岁的小伙子身上，他的肩膀之间有一个丑陋的肿块，嘴里发出痛苦的细细呻吟声。

在他双手可触及的头顶上方，从天花板上悬挂下一根绳子来，连接着一个装置来升起或降下固定在房间另一边的大门上的木顶梁，这也就是我们刚刚进来的时候所听到的开门声。

“丁尼，亲爱的，你看看我带回来的这个可怜的小东西。它病恹恹地躺在人行道上，我差点儿就没看到它。一路上它也没怎么闹，我把它带回来，你或许可以给它包扎一下。”

“奶奶，你看它的腿！流了好多血，它的腿受伤了。”男孩儿小心翼翼地摸了摸我的腿，高兴地发现我的伤情并没有他以为的那么严重。

“我会时时刻刻看着它的，奶奶。要不，我们给它取名叫‘托比’吧？”老妇人大笑起来，说这是个好名字。

丁尼用温水洗了洗我的伤口，他的祖母倒了一杯牛奶给我喝，然后将我安置在一堆碎布上躺着，我一觉睡到了第二天早上。

第二天早上醒来的时候，我一时还想不起来自己在哪儿，等我记起前一天发生的事情时，我感到非常羞愧。我想我可能再也见不到主人和女主人了，我也知道自己不配再见他们。

我的新朋友们对我非常好，老妇人白天在屋外打扫卫生，每天早晨和傍晚给客人送牛奶。她不在的时候，我都跟生病的

简陋的棚屋

小男孩儿待在一起。丁尼很喜欢我，教我怎么蹲坐怎么翻滚，还有其他一些一旦上手就很容易做到的技巧。一开始我并不清楚他想让我做什么，因为之前没有人让我做过这样的事。

他对我非常有耐心，当我做错事的时候他从来不责备或者打我。很快我就学会了用后脚直立走路，奶奶说我走路的样子像个“骄傲的警察”。

有一天，一个医生来看丁尼。他是个陌生人，不过他从一个朋友那里听说过丁尼。他这次过来，是要看看能不能帮丁尼一点儿忙。他检查了丁尼肩膀上的肿块和心跳，说不能保证能把丁尼完全医好，但是可以让丁尼到医院里治疗一段时间，也好给奶奶减轻些负担。小男孩儿听了医生的话，高兴得哭了出来。

在丁尼听到这个好消息的这天，我也遇到了一件好事。当我站在窗边往外望的时候，我看见我的女主人正好经过这个房子。我冲着她大叫，希望她能听到。果然，她听到我的叫声并认出了我。她跑过来敲门，丁尼把大门打开，女主人还没进到房间里来就把我抱在了怀里。

她跟丁尼解释说是如何把我弄丢的，而丁尼告诉她他奶奶是怎样在街上捡到半死不活的我的。我的女主人又告诉丁尼她在我走失之后是如何想念我的，现在知道我平安无事，终于松了一口气。

在他们谈话期间，我一直耷拉着耳朵和尾巴在旁边听着，因为我想起了那天我的愚蠢举动。但是女主人完全没有责备我，或许她根本不知道那只猫的存在，因为当时附近没有其他人，只有两个小男孩儿看到了全部过程。

丁尼告诉了我的女主人他的好消息，医生虽然走了，但是他的心还是很踏实。他笑着笑着，哭了出来。他告诉女主人，他很快会康复的，然后他就可以出去赚钱，奶奶再也不用干活了，只要每天在家里看着房子就好。

我的女主人认真地听他说话，他笑的时候陪他一起笑，但是我可以看到她的眼睛里闪着泪光。当我们要离开的时候，女主人把我抱起来，好让丁尼可以蹭蹭我的脸说再见。

离开丁尼和他的奶奶并没有让我太伤心。虽然他们对我很好，但是我不喜欢新名字“托比”，也受不了他们一直管我叫“它”。重新听到主人喊我原来的名字，我感到很开心。

多莉一路上都把我抱在怀里，尽管我的个头儿已经很大，也很重了，但自从上次我走失之后，她似乎不太放心让我跟在她身后。

我们回到家的时候天快黑了，不过我一回到家就非常兴奋，这里跑跑，那里转转，嗅了嗅熟悉的椅子和地毯，甚至还记得我几个星期之前在休息室地毯下面藏着的一根干净的骨头。趁着多莉忙着在厨房煮汤，我把骨头叼到厨房去啃，她显然有点儿吃惊。

在主人快要回来之前，多莉把我藏到衣橱里想要给主人一个惊喜。等他们两个打开衣橱的时候，意外地发现我居然会用后腿站立，正如丁尼教我的那样。

这个小技巧把他们逗得很开心，他们让我一次又一次地演示给他们看，还给了我几块糖果作为奖励。最后他们叫了隔壁的邻居过来看看我学的新花样，当邻居进门的时候，发现我不仅会直立行走，还会在地上打滚儿。

我的女主人说肯定是丁尼教会我这些技巧的。然后她给他们讲了那个可怜的爱尔兰小男孩儿的故事，而我则沉浸在糖果的甜蜜和成功逗乐主人的喜悦当中。

第四章

看得出来，我不在的时候，他们的日子也过得挺好的，因为我看到客厅里多了两把新椅子和很多书。我的两个主人每次买东西时都会开个玩笑，说每次花钱的时候就是多莉最开心的时候，现在多莉再也不用把卧室的椅子搬到客厅用了。

生活很快又恢复了以前的平静，多莉也开始放心地让我像以前一样跟她一起出门。那位屠夫没有忘记我，我的老朋友们也都亲切地跟我问好，还祝贺我的女主人把我给找回来了。

一天晚上，约翰回到家里时看上去很难过。他吻过多莉之后说："亲爱的，可怜的吉姆去世了。"然后他们两个哭了一会儿，我这才知道吉姆已经死了。

每当他们谈到吉姆的死，女主人就会显得非常激动，她说："他们都说他死于高烧，但我知道那个男人是因为心被伤得太重以至心碎而死。"我的主人说："多莉，亲爱的，我相信是这样的。"我喉咙动了动，眨了眨眼睛。多莉说："亲爱的，你看哪，维克也哭了。"我的主人笑着说："这怎么可能呢！"

没过多久，发生了一件让我们都很不高兴的事。我不太清楚到底是什么事，貌似是主人在生意上亏了一笔钱。这不是主人犯下的错，但他们努力存下来的钱没了之后，他们的处境变得很窘迫。

主人看起来对这件事情很焦虑，多莉一般都会在主人的额头上亲吻，称呼他为“我亲爱的又老又穷的约翰”，但是当约翰出门之后，多莉会自己一个人哭。我知道她跟主人一样都很焦虑，只是强颜欢笑而已。

一段时间之后，主人忧虑成疾，最终卧床不起，几个星期也没有好转的迹象。家里的新椅子和一些旧家具开始陆续消失不见了，我不知道它们去哪儿了，我只看到有人来把它们搬走，每当那时多莉都会躲在厨房的门后哭成个泪人儿。当主人用虚弱的声音呼唤她的时候，她很快擦干眼泪，走进房间里跟主人说说笑笑。

家里的医药费开销很大，我可怜的女主人为了钱的事情变得非常焦虑。很多个晚上我都饿着肚子睡觉，但我并不介意，我知道在我饿肚子的时候，多莉也正饿着肚子，她常常还会把她的汤分一半给我喝。

跟我主人在一个办公室上班的人都很好，只是他们自己也是穷人，而且现在的房租和物价都很高。

有一天，一个长得很奇怪的男人来看我的主人。这个人又胖又矮，长着肥硕的脸颊、眨个不停的眼睛和硕大的鼻子——鼻子太大导致眼镜一直往下滑。他说话的声音很大，话也很多。我听到我的主人叫他多德先生，我这才记起来我的主人们经常谈论关于他的趣事，而且每次提到他都会笑个不停。

我的主人形容他“十分有运动感”。他穿一条大条纹的裤子，系红色的领带，经常说到马和狗。我记得多莉有一次嘲笑这个人，说他管自己的双胞胎女儿叫“小妹妹们”，然后说她们“鼻子太短了，一点儿也不漂亮”。

我看得出来，多德先生这次来是有事找他们的。他问了约翰他们的近况，约翰用近乎哀求的眼神看向他的妻子，而这次多莉也没法儿做到强颜欢笑了，她起身走出房间，我跟在她后面一起出去了。

我猜主人应该跟多德先生说了他们目前的处境有多么糟糕，因为当我们走进房间时，发现多德先生一直发出“啧啧啧”的声音，同时用力地擦眼镜。他看到我就抓住我说：“嘿！你们从哪儿找来的这家伙？”他围着我转了好几圈，认认真真地观察我。然后他跟主人说了一些犬类展览、幼犬训练营、赌博之类的东西，还有一大堆我没听过的话，这些对我来说没什么意义。

多德先生走后，主人把我叫到他的床前，把瘦得像麻秆一样的手放到我的头上，直勾勾地望着我。

“维克，我感觉自己就像是背叛了一个朋友，但是我不得不把你卖了。”他说完，抱着我情不自禁地哭了起来。

第二天，多德先生把我带走了。多莉听到他来，便躲了起来。我忍不住想起当初吉姆要带我走时，我妈妈躲起来的情形。多莉用不着跟我说再见，因为昨天夜里她一直抱着我哭泣，我朝她摇了摇尾巴，想告诉她我很理解她。

第五章

多德先生把我带到一栋高大阴森、光秃秃的大楼里，那里还有很多的狗，我还以为世界上的狗都在这儿了，但是我并不知道，一千五百条狗其实只是占了世界上全部犬类总数的很小一部分而已。

这里有各种各样、大大小小、老老少少的狗，他们全部都在各自的方形围栏或畜栏里待着，整栋大楼里都安置了长椅。一个人过来把我放到其中一个围栏里，然后在上面钉了一块牌子。牌子上有对我的说明：维克，正式成为纯种狐狸犬训练营中的一员，将要参加由位于西北部的迪斯格兰特育犬协会举办的第三季度赛狗会。我的参赛号码是“36”，下面还有一行字“出售”。

我身子下的稻草很干净，也很新鲜，但是怎么也比不上多莉家椅子上的垫子舒服，每次我想转身的时候都会跟绑住我的链子缠到一块儿。过道很脏，很多女士穿着长长的有拖尾的裙子进来，带进来很多灰尘。空气中充斥着灰尘的味道，刺激着我们的鼻子，我禁不住会流眼泪。

有时候会有人往地板上撒一些清洁剂，撒得太多了，污泥会汇成一条小溪流或者变成泥浆。每当这个时候，进来的女士们不得不将裙子提起来，小心翼翼地走过去，以免沾到泥浆。

来参观的人都很友好，但是我很想念主人用瘦弱的双手抚摸我的感觉，还有多莉那甜美的声音。

这里的食物非常美味，也很充足，但是我太想家了，根本没有胃口，而且周围狗的喊叫声听得我头昏脑涨。

周围的一切对我来说非常陌生，到了晚上参观的人都走了，大门紧闭之后，我才发现自己是多么累。实在太累的话，我晚上会试着睡一觉，但是周围的声音和灯光对我来说太不寻常了，让我一点儿睡意也没有。

有些狗跟在家里一样睡得很踏实，其他的则不断在叫喊。有时大家都会安静一会儿，然后一些可怜的、受了惊吓的狗会发出沉闷的呼喊声，用力地拉扯自己的锁链，这时其他的狗又会开始新一轮的咆哮。

我的视力很好，晚上我会盯着对面围栏上的名牌看。在我对面的是个有趣的荷兰名字，我念了三遍还是读不出它是什么，那个词是“Mevrou”。这个名字的主人是一只看起来很悲伤的外国腊肠犬，她孤孤单单地在思念家乡，让人感觉她随时都会哭出来。

我一动不动地盯着她看，希望她也会注意到我。最后她看向我这边，脸上洋溢着悲伤的情绪，她脸上的痛苦让我暂时忘记了自己的孤独。为了让她开心一点儿，我给她表演后脚站立和翻滚，但是我脖子上的铁链把我缠住，差点儿把我勒死。这时刚好有个护理人员巡楼，帮我解开了锁链，然后用棍子揍了我一顿，让我乖乖地躺好。我因为恐惧而保持一动不动的姿势，等我再看向那只小腊肠犬的时候，她正在朝我摇尾巴，示意她已经心领了我的好意。

我右前方的畜栏里空空如也，不过在我左前方的畜栏里有一个很友善的伙伴，同时也十分健谈，所以我从他那里学到了很多东西。

他去年也参加过表演，因此他看到裁判们的胸牌就马上认出他们了，他也还记得去年得奖的那些狗。

他完全没有想家的念头，相反，他倒是对这一切已经感到习惯了，因为他的主人过去三年都带他去参加各种比赛，每次比赛的结果都是一样——第四名。每次得第四名，他的主人都会骂裁判，或者对采访他们的体育杂志记者发发牢骚。

他跟我说，他觉得他的主人实在不应该指望他获得任何名次，虽然他的血统非常纯正，也有很多优点，但是他的头太短而腿太长，还有一些坏习惯。

实际上，我的朋友很少抱怨他的主人带他来这种地方，反倒会听从主人的意愿，乖乖地在这里受罪，忍受裁判的各种挑剔，甚至是其他狗的撕咬。他属于毛粗硬的小猎狗中的一类，跟我不太一样。我们两个至今都还没有被带出去接受训练，但是我希望他们这么做。

当我发现我跟其他几只狗一起被放在一个密闭的小房间时，我惊慌不已。这些来点评我们的人很友好，他们夸奖我的耳朵和前腿的时候，我想起了吉姆以前是如何夸奖它们的。然后我又想起了可怜的约翰和焦虑的多莉。他们好像看出来我很难过，抚摸着我的头说："振作起来，老姑娘！"我稳定了一下自己的情绪，竖起耷拉着的耳朵和尾巴，一副重振旗鼓的样子。

我回到畜栏之后，有个人过来给我绑了一个蓝色的项圈，我的邻居告诉我，我被他们挑中了，他们会培养我去赢得比赛。

在前来观看演出的观众当中，有个小女孩儿似乎对所有的狗都很感兴趣，她走到每只狗面前跟他们说上一两句话。我的邻居告诉我他认识这个女孩儿。她爸爸是个很有钱的人，允许小女孩儿在这些狗当中用合理的价位买一只回家，所以小女孩儿现在是在挑选自己中意的狗。

我问他什么叫"合理的价位"，他说："她当然不可能花两三百美元来买一只像我这样的小狗啦。"我以为他在开玩笑，就说我觉得他应该值这么多钱，没想到他的表情非常严肃，他的表情使我足足笑了一天。

他说其实他挺希望小女孩儿把他带走的，很愿意让她做他的女主人，不过他露出一副很狡猾的表情，补充说道："但是她肯定想要一只冠军犬，而我从来没有得过冠军，我的主人可能明天就要给裁判们写信了。”然后他跟我说小 Mevrou 从来没有拿过任何奖，他们说她的耳朵不错，但是她的肘部很突出，嘴巴的长度也不够。

我转过头看了看 Mevrou，试着引起她的注意。但是她坐在那儿，看上去比之前更悲伤，耳朵都要耷拉到地上了，眼睛一直盯着地面一动不动，无论如何也不能让她抬起头来看看我。

那个小女孩儿在我面前站住。跟她一起来的是一个中年妇女，那妇人扶了扶眼镜，好像要把我看得清楚一点儿。小女孩儿一把把我抱在怀里说：“姑妈，这只小狗是最可爱的，我就要她了。”然后她看了看我的牌子，说：“她的名字叫维克，待售呢。”她摸了摸我，夸我是条很棒的狗，之后就跟她姑妈一起离开了。

她们走了之后，我的朋友跟我说：“你要走运了。多德先生把你的售价抬高了很多，现在是……”不过我是不会告诉大家上面标注的价格是多少的，因为我觉得自己不应该索取这么大的一笔钱。不过我心里的自豪感油然而生，因为我想到自己可以给可怜的多莉和约翰带来一笔可观的财富。

我的邻居问我有没有注意到那个小女孩儿脖子上戴了一条银质的十字架，我说注意到了。他说：“她之所以戴着那条十字架，是因为她是国王的女儿，她……”他还没说完，我就被人带到一辆马车里，被送到了我的小女主人的手上，然后我们很快就离开了这里。

我从来都没有坐过马车，因为之前跟我生活在一起的人，他们出门都是坐电车，或者是走路。靠在新主人海豹皮做的夹克上，我感觉很奢侈。我正在琢磨新主人的名字是什么时，她姑妈说：“海伦，到家了，我困得要死，你怎么还不困？”海伦回答道：“姑妈，我不困，我在想事情。”

马车在一栋由石头砌成的高大的房子前面停了下来，房子的门牌上写着“希瑟顿”。

海伦用双手把我抱住，跑上楼梯，进了一个温暖、昏暗的大厅。然后她从另一端的楼梯下到一个走廊，来到一个舒适的、粉刷成粉色的起居室。她一路小跑着，直到把我放到一把椅子的印花垫子上。然后她脱掉帽子和大衣放到桌子上，整个人躺在我旁边，说：“噢，维克，回家的感觉真好。”

第六章

尽管新家非常温暖、安静和舒适，但是，这对我来说还不是真正意义上的家。

看得出来我的小主人很累，她的手从我的头上滑下来，双眼紧闭，从她均匀的呼吸中我可以知道她已经睡着了。我开始小心翼翼地 仔细观察这个房间，以免把她吵醒。

房子的墙壁都刷成了舒服的暗灰色，上面画满了巨大的粉红色花朵。窗户周围装饰了很多漂亮的粉红色挂饰，基石硕大无比，上面摆了许多垫子。地板非常光滑，上面铺着具有东方特色的地毯，壁炉前铺着一张很大的熊皮。屋子里的桌子上都用瓶子装了许多玫瑰花做装饰，有一瓶放在一幅巨大的肖像油画下面，肖像上画着一个漂亮的小姐，眼睛和头发跟海伦一样是棕色的，不过肖像上的小姐有一种命令的姿态和骄傲的神色。

我比较了一下肖像上的女人和海伦的样貌。海伦的脸小，线条没有肖像上的女人那么明显，不过她们的嘴巴都很美丽，眉毛都乌黑笔直，我判断画上的那个女人应该是海伦的妈妈。

房子的一个角落里有一张白色木头制成的小写字台，上面有银色的把手，窗户之间放了一个低矮的书架。藤制的桌上零零散散地放置了一些书本和杂志。旁边竹制的橱柜上铺着银色的桌布，上面摆放了精美的茶壶、一些薄薄的瓷器、一些奇形怪状的盘子以及一对烛台，整个屋子属于日系的家居设计。

壁炉上方挂着一些照片，上面有一些年轻女子的肖像和一个穿着哈姆雷特服装的演员。在装着玫瑰花的花瓶后面散乱地放着一套使徒匙[1]——咖啡色的、鸡蛋色的、橙色的，几乎所有类别的银匙都集中在一起。尽管我对人类的生活已有所了解，但是海伦的生活十分精致，必定会有一套专门为她定制的。

除了那些肖像，墙上很少有别的照片，其中一张照片深深吸引了我的注意。照片上是一只慈眉善目的狗妈妈，身边围着她的狗宝宝们。狗妈妈的样子让我想起了我自己的妈妈，还有酒吧后面那个空旷的小屋。我心里涌起了一阵酸楚，难过得无法呼吸。

房间里的东西我看了这样，再看那样，心想多莉应该会喜欢这样的房子，然后思绪飞到了多莉那寒酸的公寓，以及身旁睡着的小女孩儿身上。我意识到这个世界很不公平，小女孩儿对自己拥有的东西无动于衷，其他人却在贫穷中度过。有那么一刻，我心里泛起了一阵酸楚。海伦应该是做了什么好梦，嘴

① 使徒匙：柄端有使徒像的银匙。——译者注

角微微一笑。老实说，只要看到海伦的微笑，我的负面情绪便全都烟消云散了。

整个房间的基调是温暖恬适的。房间的任何角落，目光所及之处都摆放着赏心悦目的物件，没有任何刺眼的颜色或者明显的对比。房间的舒适让我不知不觉就在新主人的身边睡着了。

我们醒来之后发现天都黑了，海伦急忙把灯点上，看了看手表。“天哪，维克，我们是不是睡得太久了？都快到吃晚饭的时间了。”海伦说道。她打开从卧室通往大厅的门，接着从我的视线里消失不见了。

我可以听见她在隔壁房间走动的声音，但是我不太敢走进去，虽然房间的门没有关。我用嘴巴顶了顶半开的房门，叫得很大声，以吸引她的注意力，果然她注意到了我，让我进去。

这个房间家具的颜色也很柔和，显得既奢华又有品位。我在房间里面跑来跑去，观察每一个角落和橱柜，海伦则在急急忙忙地一件件换衣服。她弯下身子的时候，脖子上滑下来一条银色的十字架项链。我想起了训练营里健谈的邻居所说的话，说她是国王的女儿。想到这里，我觉得她的身份更加高贵，心里感到很自豪。

我猜海伦的爸爸应该是这个国家的统治者，头脑简单的我怎么也想不到她会是一个公主。她穿好晚宴的衣服出去前，对我说：“维克，亲爱的，待会儿我再上来找你，给你吃点儿东西，还要带你去见见爸爸。”你可以想象我有多么兴奋。大概一个小时之后，海伦回来把我带到厨房，给我弄了些晚饭。

厨师是个身材高大、长相一般的女人，但看上去心地很善良。她给了我一大块肉和鲜美的肉汁，我吃饭的时候她在一旁看着，还跟车夫和女管家苏珊热情地聊天。他们对我的外貌评价很苛刻，特别是那个车夫，说我长得像兔子跟山羊的杂种。他们几个哄堂大笑，一致认为车夫的评价非常到位。

当我的女主人过来的时候，他们却说他们一直都在谈论我是何等美丽的一个生物。自此之后，我再也没有喜欢过或者信任过那个厨师。

我跟着海伦来到楼上的客厅，心里非常害怕，以至于海伦开口说话的时候我都不敢抬起头来看。“看哪，爸爸！这就是维克！我来给你们介绍一下。”我终于抬起头来看眼前的这个男人，但是惊讶地发现，眼前的这个男人就是当初在马克的空房子里，取笑吉姆应该“喜欢草莓色的狐狸犬”的紫色脸庞、白胡须、大眼睛的男人。

眼前的这个男人也认出了我：“这不是马克家的狗吗？你知道她的血统吗？”海伦告诉了他我的名字。“我肯定没认错。当初吉姆挑的就是这条狗，可怜的吉姆！”他喃喃自语道。

海伦把我带回她的房间，从衣橱里拿了个竹篮出来，把篮子里的东西统统倒掉，在里面铺了一层垫子后将它放在她的床边，并告诉我以后这就是我的床了，我要在里面睡觉。

海伦出去的时候顺便吹灭了灯，这样我在黑暗中就可以更好地思考了。我一直很努力地想要弄清楚楼下那个男人到底是谁，这个男人怎么可能是国王，又怎么会是海伦的爸爸呢？关于我邻居口中所说的银色十字架，它到底又象征着什么呢？

第七章

随着时间的流逝，我慢慢习惯了这个新家，在这里生活得很开心。

但我并没有忘记约翰跟多莉，也依然爱着他们。我很喜欢海伦，她对我很好，她的笑容和笑声是我见过的最动人的。不过她有时候也很马虎，会把我锁在房间里面，忘记给我吃晚餐，但发现之后，她就会给我很多好吃的，我自然也对她生不起气来。

她经常在家里随处脱大衣，然后忘得精光，直到要出门的时候才想起来找。家里的用人们时常满屋子跑来跑去地找海伦小姐的外套或者皮手筒。不过对一个十八岁的女孩子来说，她在其他很多方面都想得很周到。

海伦的母亲已经去世了，现在满屋子都是利奇菲尔德太太——海伦的姑妈的生活痕迹。虽然她总是把我称作“它”，而且老是透过眼镜斜着眼睛看我，但总的来说她是一个很友善、很可爱的太太。

海伦的爸爸对我也很好，如果我在客厅的话，他总是会注意到我，但是他很少去海伦的房间，这对我来说挺好的，因为他跟那个房间的格调很不搭配。

一天，海伦在客厅里看书，我躺在海伦脚边。利奇菲尔德太太进来了，她看上去心事重重，手上拿着一张老照片。

“海伦，”她说，“我刚刚在阁楼上整理你妈妈的东西时，发现了这张照片。看上去应该是你爸爸在他们刚订婚的时候拍的，你妈妈以前一直都很珍惜这张照片。”

海伦兴奋地拿起照片，说道：“姑妈，他以前是多么好看哪！就跟你一样。”利奇菲尔德太太听到这句赞美，脸上泛起一丝红晕。海伦接着说：“但是一点儿也不像他现在的样子，是吧，姑妈？他怎么会变了这么多呢？”

利奇菲尔德太太的眼睛里充满了泪水，海伦没再说话。“我知道，亲爱的姑妈，都是因为妈妈去世了，才有很多让爸爸担忧的事情。”海伦抱着姑妈的脖子一起小声地哭了出来。

她们坐在一块儿互相拥抱着对方，那张照片掉落在我的前方。一开始，我通过照片的反光只看到了自己的倒影，后来一束光线照进来，我看到了照片上的那个男人—— 一张棱角分明、英气潇洒的面孔，比我之前看过的所有英俊的脸庞都更具有吸引力。

我之前不明白，海伦的妈妈如此美丽为什么会爱上希瑟顿先生这样的人，看到这张照片之后我终于明白了。接着我开始思索到底是什么原因导致他的外形发生了如此大的变化。

我开始回忆第一次见他的情形，想起了那间空房子、我的主人，还有那些孩子。最后，我想马克先生应该知道导致海伦父亲产生如此大变化的原因。

第八章

对于车夫和厨师这两个人，我既不喜欢也不信任。不过海伦在家的时候都把我带在身边，出门的时候把我留在房间里，我很少有机会看见他们，除了在吃饭的时候。

有一天，海伦跟她姑妈出去之后，女管家悄悄地溜进了海伦的房间，嘴里发出“嘘嘘”的声音，把我赶到墙角抓了起来，用围裙包住。然后她溜到厨房，将我递给车夫。在这之前，我对女管家没有任何偏见，只是觉得她没有什么特别的地方，不会有任何攻击性。但是她刚刚进房间的时候，把我当成一只野蛮的牲畜一样赶到墙角，让我觉得她愚蠢极了。当然，我被抓了也不会太反抗，因为至今我还没有受到任何伤害，目前我只是担心自己的安危。她把我交给车夫罗伯特的时候说她很怕我会咬她，此时我确信她是我见过的最愚蠢的人。

罗伯特抱着我在前面带路，厨师和女管家在后面跟着一起进了谷仓。罗伯特小心翼翼地锁上了门，另外两位女士卷起她们的礼服，小心翼翼地爬到堆在地上的箱子上。我很好奇接下来会发生什么，感觉会有什么东西在等着我。罗伯特将我递给厨师，我的目光随着他的身影——身体因为被厨师抱得太紧而一动不能动。

罗伯特走到一个角落，从地上拿起了个帆布包，于是一只捕鼠笼露了出来。一只长着长长的尖鼻子、滴溜溜转的小眼睛、恐怖的利齿的生物出现在我眼前。罗伯特示意厨师放开我，这时，他打开捕鼠笼，喊道："老鼠来了！"那只老鼠开始逃窜，不过我还没等它走多远就把它抓住咬死了。我把老鼠的尸体放到罗伯特的脚下，厨师夸奖我干得漂亮，但是罗伯特认为老鼠死得太快了。就在他们争论老鼠应该以什么方式死去的时候，女管家又用围裙把我抱起来，送回了海伦的房间。

家里没有人发现我离开过房间，海伦也没察觉到有人违背她的命令。罗伯特在上次的事情中获得了满足感，因此计划让我去参与更刺激的事情。这次女管家照上次那样把我带到厨房交给罗伯特，不过这次她跟厨师都没有跟着一起来到谷仓。看得出来厨师并不赞同罗伯特计划要做的事情，并且宣称她再也不插手这样的事情，警告罗伯特再继续这样做会给自己找麻烦。

我们到了上次来的地方，这次罗伯特更加小心地锁好了门。这里还有一个脸蛋泛红的小男孩儿，他的胸前抱着一只我所见过的最难看的小狗。她的体重跟体形都远远胜过我，她的四肢像四条桌腿一样粗壮，我知道自己可以在她下面爬行，而不碰

老鼠来了！

到它们。她松弛的皮肤耷拉在方形的嘴巴上，鼻子到下颚的距离非常宽。我礼貌地嗅了嗅，但是她毫无征兆地就满怀敌意地朝我耳朵上咬了一大口！耳朵上传来的疼痛感和被撕咬带来的屈辱让我看清了现实，我一跃而起，紧紧地咬住她的喉咙。她非常有力，拼命地想把我甩开，但是我一丝也不松口。这是我第一次打架，因此非常兴奋。我的下颚非常有力，像一个捕兽夹一样紧紧地咬住她不放，很快她就倒在了我的脚下。

红脸男孩儿是偷他主人的斗牛犬来打架的，正如罗伯特一样。他们不希望任何一只狗死掉，不然被主人发现他们都会受到惩罚。他们赶紧将我们分开，然后各自回家去了。罗伯特夸奖我是只好狗，但他之前应该从没真正喜欢过我。厨师帮我洗干净了伤口和身上的尘土，责怪罗伯特给她们带来这么多的麻烦。

海伦发现我耳朵上的伤疤后，想知道到底发生了什么。女管家否认我离开过房间半步，坚称是我自己不小心被火铲划伤的，她说她看到火铲被翻过来了。

海伦的爸爸听到女管家的这番说辞之后不禁笑了出来，他说："傻孩子，看不出来这只狗打过架吗？罗伯特肯定把她带出去跟其他的狗对决了。我倒是想看看别的狗在面对咱家的狗时是何等的惶恐，罗伯特真是个狡猾的人。"然后他再次咆哮起来，看上去像是对我增添了许多敬意。用他的话来说，就是我又增长了一点儿"见识"。

海伦非常生气，她爸爸觉得这是个玩笑，但是她觉得这是一种侮辱。尽管用人们都否认，但是她心存疑虑，让我寸步不离地守在她身边。每次她指着我的耳朵指责我说：“维克，你这个坏狗！”我都会装作很愧疚地低下头。但是我知道我只是自卫，并没有挑起战争，真希望她可以知道这个事实。

第九章

这家人很少出去社交。希瑟顿先生很讨厌出门，还说一个人本来可以舒舒服服地在俱乐部里，为什么要自讨苦吃地待在密闭、拥挤的客厅里呢？海伦的体质也不是很好，偶尔参加一两次舞会或者派对就得休息好几天才能恢复元气。每当这时，利奇菲尔德太太又会自责让她去参加这样的社交活动，因为海伦对这一类的事情并不太在意，他们过的日子非常平静和无趣。

海伦有个很要好的女朋友，跟她的年纪差不多大，是她父亲一位世交的女儿，大家都叫她基蒂，全名叫凯瑟琳·伊丽莎白，她还有个名字，比银行卡账号还要长。她是一个聪明、快乐的女孩儿，尽管以前家里比较贫穷，但这也使得她不会乱开玩笑，并且会真诚对待每一个人。

基蒂的妈妈很多年前就成了寡妇，因此变得沉默寡言，很少出门。基蒂常常在利奇菲尔德太太的陪伴下跟海伦一块儿出门。

跟海伦不同，基蒂喜欢参加各种派对和舞会，她常常跟海

基蒂和海伦

伦说，如果她有像海伦一样的漂亮衣服，而海伦的身体和她的一样棒，她们两个就都可以好好地享受生活了。有时候她会开玩笑地跟海伦说，每次想到上天把所有的运气都给了海伦，就让她很不高兴。她每次看到海伦的珠宝，都觉得自己要忍不住犯罪。不过除了偶尔说的这些玩笑话，基蒂还是一个很可爱、无私的小女孩儿，她很爱海伦，也从来没有真正嫉妒过海伦。

有一天，两个女孩子待在海伦的客厅里。海伦在修剪一棵藤蔓，这棵藤蔓是在温室里养大的，现在已经爬到了海伦妈妈的画像上了。基蒂百无聊赖地在壁炉旁摆弄银匙，享受着银匙碰撞发出的叮当声。“海伦，”她突然很好奇地问，“你这里到底有多少个银匙呀？”

“大概 35 个或者 40 个吧，我不太记得了。”海伦回答道。她仍然专心致志地做着自己手上的工作。

基蒂一个一个地数有多少个银匙。“你知道你这样随便放银匙很不好吗？这样很容易引诱仆人犯罪的。”数了一遍之后，她严肃地跟海伦说：“海伦，你确定你有 35 个或者 40 个银匙吗？”

“是啊，怎么了？”海伦抬头一脸惊讶地看了看基蒂，“上个月底我给姑妈数了一次，大概是 38 个吧，怎么啦？”

“现在这里只有 31 个银匙。”

海伦放下手上的活儿，绕到壁炉边，仔细地把银匙数了一遍。

“怎么会这样？我那个好看的咖啡匙不见了，那个俄国产的镶钻小茶匙，还有我在旧金山买的那个，还有我表妹克拉拉从威尼斯寄过来的那个，全都不见了！有人把它们给偷走了。”海伦一脸严肃地说道。

“我猜肯定是有人偷走了它们，”基蒂一本正经地说，“都怪你太不小心了。”

“但是会是谁呢？仆人们都是老实人，我敢保证。”海伦感到非常疑惑。

“那么，有谁进来过呢？”基蒂问海伦。

“除了苏珊——那个女管家，之外没有其他人了。”海伦说着，缓慢地下楼找姑妈。

女管家一开始极力否认，不过利奇菲尔德太太一直推心置腹地跟她聊了很久，最后她承认是自己偷了这些银匙，并把它们都交了出来，除了一把已经被她卖掉的。

利奇菲尔德太太把银匙都放回了壁炉架上。海伦眼里满是失望的泪水，她用裙子将所有的银匙包起来，让姑妈把它们锁到一个安全的地方。

“海伦，你应该买一个装珠宝的箱子，就跟珠宝店里的那些展示箱一样，上面有玻璃盖，还能上锁，这样不仅能保管好自己的财物，还可以观赏。”基蒂开玩笑地说。

但是海伦伤心地回答说：“不，现在这些银匙对我来说一点儿乐趣都没有了，我不需要向别人展示这些东西。”

女管家编了个煽情的故事，但她最后还是被解雇了。她临走前想向小女主人告别，但海伦并不在房间里。利奇菲尔德太太叫她在房间里等海伦，她站在那儿的时候目光落在了我的身上。“你这个下流、得宠的畜生！”她边说边很嫌弃地用脚踢我，“这一切都是你的错，我迟早会报复你的。别以为你可以一直舒舒服服地躺在这丝绸靠垫上，别人可是在辛辛苦苦地赚钱生存！等着吧，你这丑不拉叽的野兽！”她举起手开始打我，我从来都没被人打过。跟其他狗在受到威胁的时候一样，我凶狠地朝她露出一排利齿，她就不敢再对我动粗了。

海伦进来的时候，女管家苏珊开始哭哭啼啼地对她诉说自己的贫穷和不幸——她之所以会偷东西，是因为她妈妈生病了，需要钱治病买药。海伦耐心地跟她说了很多，拿出脖子上戴着的十字架，对她说，自己跟其他九个女性朋友一起成立了一个组织，专门帮助那些需要帮助的人，她们把自己叫作“国王的女儿”。她们认为，人们要对所有人心存善意，不应心存怨恨，就算有人曾经或者正在犯罪，人们都要宽恕他。因为所有人都是上帝的儿女。如果苏珊以后看见佩戴这种银质十字架的人，就可以把她们当成朋友，因为她们时刻准备着帮助别人。

我用心地听完了她们的整个对话，庆幸困扰我许久的谜团终于被解开了。

苏珊离开之前，海伦给了她一个金币，让她带去给她妈妈，还让她留下她家的地址好方便以后找到她们。苏珊哽咽地表示离开这么好的一个小主人简直让她心碎，还说以后会想念我的。

国王的女儿

“这只小狗如此漂亮，像一个婴儿一样让人心疼。”她眼里盈着泪说道。海伦将我抱到她的眼前，想让苏珊临别前抱我一下，但是我挣脱她的双手跑开了。

“维克！怎么了？”我的女主人说道，“她从来都不会这样的。”

“噢，小姐，没关系。”苏珊说，“也许她现在不想被打扰吧。但是我知道她心里是很喜欢我的，我是她的好朋友。”

苏珊走了之后，家里还发现有很多东西不见了。利奇菲尔德太太和海伦马上照着苏珊留下的地址找过去，却发现那里根本没有房子，只是一片空地。

晚上，海伦在客厅把当天发生的事情都告诉了希瑟顿先生，之后还告诉他我朝苏珊狂吠的事。他听完之后哈哈大笑，好像这件事一点儿也不值得悲伤，反而是天底下最可笑的事情一样。他嘲笑海伦如此轻信他人，表扬我直觉灵敏，能识别撒谎的人。

他说的话激怒了我，真希望他不要那么经常大笑，因为他笑起来的时候显得很蠢。

第十章

这件事之后，生活逐渐归于平静。

接替苏珊的是个新面孔——贝婷。她的腰肢非常纤细，头戴一顶风情万种的帽子。她的裙子非常整洁，走路的时候裙子会摩擦发出一种舒服的沙沙声。更令人愉悦的是看她精力充沛地打点着上下，还有听她走路时高跟鞋发出的欢快的喀哒声。

她是一个健康、爱干净的人，最可贵的是对主人忠诚。我一直都很喜欢她，还有她那爱尔兰腔调——海伦常常忍不住猜贝婷是不是真的信基督教呢。

时光飞逝，我来海伦家里已经一年了，这一年里没有什么特别的变化。海伦的身体看起来强健了很多，但是最近脸上偶尔会闪过几丝忧虑的神色。利奇菲尔德太太经常很焦虑，反倒是海伦的爸爸笑得比以前更大声了。

基蒂已经订婚了，今年夏天有可能举行婚礼，不过据我所知，海伦到现在还没有喜欢的人。

“当然了，”基蒂以前经常说，“为了钱跟人结婚是大错特错。不过我跟弗莱德是真心相爱的，而且我们已经订了婚，一切都定下来了。这一切都是经过我认真考虑过的，我也很感激他恰巧很有钱。”

基蒂说话的时候，海伦用手托着脸颊认真地倾听，她的棕色眼睛比往常更加美丽。她微笑着回应基蒂：“你知道吗？我曾经想过如果我有喜欢的人的话，我希望他是个穷小子。”

基蒂听了大笑起来，说：“为什么呀？那可能是因为你现在拥有的财富已经够多了。你跟我不一样，你不知道一个人如果没钱的话会过什么样的生活。”

我一直都没有关于约翰和多莉的任何消息，尽管我时常会想起他们。

有一次以为看见多莉经过，后来发现是我认错了人。那次之后我常常会站在窗边看路过的行人，心里想着说不定真能遇见她。

还有一次，海伦带我出去兜风，我看见了一个身形和走路的姿态很像多莉的人，我朝她跑过去，却发现自己又一次认错了人。那个小姐长着黄色的头发和蓝眼睛，跟多莉一点儿都不像。

人们都在基蒂家忙着为婚礼做准备，因为两家离得不远，所以海伦每天都会带我过去帮忙。

海伦很想帮忙做点儿缝纫的活，但是说实话，她实在不适合摆弄针线，每次她回家之后，别人都不得不把她缝的重新做一遍。

终于有一天，基蒂跟海伦说不要再做缝纫了，和她坐下来谈谈，但海伦坚持要缝衣服。最后基蒂不得不跟海伦说实话，告诉她每次大家都要把她做的衣服拆了再重新缝一遍。

基蒂的妈妈瞪了基蒂一眼，但是太迟了，话已经说出口，海伦感觉很受伤，她不想再多停留片刻。海伦优雅地穿上大衣，跟基蒂的妈妈热情地道了别，冷冷地跟基蒂说了声再见，就带着我回家了。

快到家门口的时候，我发现后面跟着一个手里拿着绳索的男人，看得出他是冲着我来的。我心里发慌，马上跑了起来，但是从身后那沉重的脚步声可以知道，那个男人快要追上我了。就在这时，另一个人出现了。

那是一个腋下夹着书的年轻人，看到我被人追赶，他先安慰了站在一旁的可怜的海伦，把书扔到地上后，飞速地按倒了我身后那个男人。

年轻人把我抱在怀里，经过刚刚那一番追逐，我被吓得不轻，浑身发抖。他用温柔的声音安抚我的情绪，接着严肃地跟那个捕狗的人说话。

经过双方激烈地争论，最后捕狗人放弃了我，转而去抓

海伦和年轻人

远处的另一只狗。确保我安全之后，年轻人把我送回了海伦的身边。

年轻人将我从厄运中挽救出来，海伦对此不胜感激。她站在那里激动得双颊通红，眼睛里闪烁着愤怒的神情，后又转为感激之情。

年轻人英俊高大，灵动的蓝眼睛闪烁着有趣的神采，机智幽默的言谈巧妙地将刚刚遇到的险情化为一场笑谈。他礼貌地为海伦打开大门，等她进去后，才捡起书本和帽子走了。

我留意到，海伦只把这件事情告诉了姑妈，而没有向她爸爸提起，我猜是因为她不愿意听到她爸爸的笑声。

“我知道他是个医学生，姑妈，昨天我看到他拿着的课本了。”海伦第二天说道。

利奇菲尔德太太有点儿惊讶地放下手中的书本看着她，问：“谁？”

海伦的脸一下子红了，意识到姑妈根本不知道自己说的是哪位，她只是在昨天给姑妈讲自己的冒险经历的时候提到过那个年轻人。

但是，她一定原谅了基蒂，因为她第二天去基蒂家，好像什么事都没有发生过一样。海伦对基蒂说起这件事情的时候，我注意到她自如多了。

“他的衣着如何？看上去像个富裕的人吗？”基蒂这样问。

“不，”海伦沉思着回答道，“我看着不像。实际上，我记得他的衣服是有点儿破旧的。”海伦说着说着，咯咯笑起来。

第十一章

基蒂的婚礼非常低调，除了新郎新娘家里人外，利奇菲尔德太太、希瑟顿先生和海伦是仅有的客人，而我被特别邀请到婚礼现场。

“记得早点儿来啊，还有，别忘记把维克也一起带来。”婚礼开始前的那个下午，基蒂对海伦第四次吻别的时候如此说道。

晚饭过后，海伦穿上了一身简单的白色礼服。她坚持要走路过去，因为婚礼并不是特别隆重，走路过去比坐车过去会更加随意和有亲和力一点儿。

我一路跟在海伦身后，到了基蒂家就跟着她进了基蒂的房间。基蒂穿着婚纱的样子非常美丽，她看上去很快乐。她亲吻了海伦，开心地笑了起来，然后又哭了起来，甚至把我举起来给了我一个大大的拥抱。

很快，弗莱德过来带着基蒂走向客厅，他们的脸上始终洋溢着幸福的微笑。举行仪式后，他们便正式成了夫妻。每个人都说他们的婚礼非常自然，跟以前参加过的婚礼很不一样。当然了，我没有参加过其他婚礼，所以并不清楚是否如此，但他们的婚礼在我看来非常漂亮，每个人看上去都很快乐。甚至连利奇菲尔德太太脸上时常挂着的忧虑的神色也消失不见了，希瑟顿先生也比往常表现得更加绅士、得体。

婚礼结束之后，大家亲吻了新娘，一起吃了顿美味的晚餐。大家在饭桌上给新郎新娘敬酒，每个人都兴高采烈。基蒂上楼换了一件黑色的礼服，然后和弗莱德一起吻别了大家，之后坐车走了。

晚餐结束后，大家各自回家。海伦在姑妈和爸爸的身后慢慢地走着，我配合着她的步伐走在她身边。今晚的月色很好，快进门的时候，海伦停下脚步，看到天上有一颗流星划破天际。

“快进来吧，你在干吗呢？”爸爸喊她快点儿进屋。

“我在给基蒂许愿呢。”海伦笑了笑，吻了大家，就上床睡觉了。

那天婚礼结束后，我又一次看见了那个救我的年轻人。基蒂结婚之后，基蒂的妈妈很孤单，于是海伦过去陪她。她们在门口闲聊的时候，那个高大的年轻人，腋下夹着书本从她们面前经过。年轻人礼貌地脱下帽子行礼，海伦的脸红得厉害，差点儿就鞠躬回礼，然后发现年轻人其实是在向基蒂的妈妈打招呼。基蒂妈妈看到海伦羞红的脸，感到有点儿奇怪，于是海伦就把那天他救了我的事情告诉了她。

“他是个好孩子。”当海伦告诉她那天的事情之后，基蒂的妈妈说，“我跟他的妈妈认识很多年了，他是个乖孩子。在医学院读书，今年应该要毕业了。”然后基蒂的妈妈又跟海伦讲了很多关于他的事情。我对她讲的这些事情一点儿兴趣都没有，但是海伦却听得津津有味。

“他叫什么名字？”我去街上溜达了一圈，回来听到我的女主人这么问。

“瓦伦丁·莫顿。”基蒂的妈妈回答道。

晚上，海伦坐在窗边呆呆地望着月亮，我听到她喃喃自语：“瓦伦丁·莫顿，这个名字真好听。”

我始终不知道海伦跟瓦伦丁到底是怎么正式结识的。不过我一直都认为是基蒂的妈妈介绍他们两个认识的，因为她跟瓦伦丁很熟。总之，后来瓦伦丁就成了家里的常客，大家都很喜欢他。

他经常在上学或放学的路上顺道过来拜访一下，利奇菲尔德太太和海伦总是被他逗笑。他讲了很多自己的见闻和同学的趣闻给她们听。他们的称呼也从一开始的“希瑟顿小姐”和“莫顿先生”慢慢变成了昵称“海伦”和“瓦尔”。

利奇菲尔德太太对这个年轻人不单单喜欢，更有一种慈母般的兴趣。她似乎想让他成为自己的儿子。他们的关系越来越亲密，因此他们三个经常讨论瓦尔的目标、计划和憧憬。

他毕业后不久的一天，一个著名的教授提供了一个职位给他。这意味着他离自己的梦想更近了一步，在他把这个好消息告诉了他的母亲后，便迫不及待地要去跟好朋友们分享自己的喜悦。

利奇菲尔德太太在门口接见了他，握着他的手表示热烈祝贺，还说："你一定很想亲自把这个好消息告诉海伦吧，不过她现在不在家，如果你愿意等的话，我可以带你去她的客厅。"

瓦尔露出高兴的神情，低声说如果她不介意，他愿意去海伦的房间等她回来。于是利奇菲尔德太太带他上了楼，把门打开让他在海伦的房间等待。

瓦尔站在门内，打量着这个漂亮的房间，仿佛它是一个神圣的地方。他深呼吸着海伦房里的玫瑰花香气，眼睛仔细看着房间里的每一个角落。他站着欣赏整洁的房间，将丝绸的窗帘的一角握在手里，用脸感受它的丝滑，并恭敬地吻了吻。

他注意到我的时候，看起来困惑了一会儿。"维克，"很快他对我说，"我为什么要介意你？你应该知道我很爱她，对吧？"我摇了摇尾巴，告诉他我当然知道，但是瓦尔似乎并不明白我的意思，继续自顾自地低声说："维克，维克，我很爱她，很爱她，真的很爱她。"我开始怀疑他是不是真的觉得我很笨，根本不理解他说的话，于是我叫了起来。这时海伦进来了，我猜他应该会对海伦诉说自己的爱情吧。

海伦听说瓦尔在她房间里等着要告诉她一个好消息，就一路跑上楼。

海伦从房外进来的时候，脸上有一抹绯红，带着期待的表情。等她进来后，瓦尔就跟她说了自己的好消息，但完全没有刚刚跟利奇菲尔德太太说的时候那么兴奋。

他欲言又止的样子让海伦很困扰，他们站在那里沉默起来。瓦尔低头看着海伦，海伦低头看着地毯，然后把目光移到我身上。我很着急——唉，真巴不得自己会说人类的语言。海伦问："怎么了，维克？"我直视着瓦尔，最终他开口说道："她想让我把对她说的那些话都告诉你，可惜我没有这个勇气。维克，你来替我告诉她吧。"然后海伦低下身子，把脸贴在我的脖子上问："维克，他跟你说了什么？"不过瓦尔也不需要我来传话，因为这时他的手滑到海伦的腰上，海伦把头靠在他的肩膀上，他鼓起勇气说了对海伦的爱慕之情。

那天晚上，海伦上床后，把手伸了下来，轻轻地捏了捏我的耳朵。每次海伦捏我的耳朵，我就知道她一定非常快乐。

虽然这样讲很不谦虚，但是我觉得如果不是因为我的话，瓦尔根本就不敢把自己的想法告诉海伦。

第十二章

海伦宣布订婚一个月后，希瑟顿先生病倒了。他的病情刚开始看上去并不严重，他还嘲笑利奇菲尔德太太过于忧虑，不但拒绝接受医生的治疗，还固执地认为只要一两天就可以康复——到时他就可以像往常一样躺在大厅的沙发上，我蜷缩在他脚边，而海伦在为大家演唱歌曲。他以前经常嘲笑海伦的歌声，说她的嗓音虽然甜美，但是太细，现在则常常让海伦唱一些经典的歌曲，像《壁炉山庄》《安妮·劳丽》和《天国》。

海伦将这些歌唱出来，她的歌声温柔细腻，她父亲甚至忘了拿她的歌声开玩笑，反而说她的声音极具魅力，要加强训练。海伦听到父亲的赞美后害羞得脸红起来，她捏捏我的耳朵，想隐藏起自己的羞涩。

几天之后，希瑟顿先生的病情并没有如预期那样有所好转。又过了几个星期，他仍然没办法下床，整个人看上去瘦弱、苍白。瓦尔曾试图让他多去锻炼，但他却嘲笑他们的恐惧。最终，为了让海伦安心，他同意去叫家庭医生来。医生给他看过病之后摇了摇头，和利奇菲尔德太太、海伦和瓦尔说没有什么办法可以治好希瑟顿先生的病，只能尽量顺应他，使他舒适和安宁。希瑟顿先生可从来都没想过病情会发展到这个地步。

医生诊断之后，家里很多天都非常安静，除了瓦尔之外，其他访客一律谢绝上门。希瑟顿先生每次看到瓦尔都非常高兴。有时候他们一起玩多米诺骨牌或者下跳棋，不过希瑟顿先生常常忘记比分是多少，而且很容易就玩累了。

很快希瑟顿先生就卧床不起。他并没有感到疼痛，但总是很疲倦。一开始他总是说自己再有一天左右就可以下床走动了，但是过了一会儿又完全忘记了自己说过的话，在床上躺得好好的。他喜欢让我靠近他，于是我经常一整天都躺在他身边。他有时候还会把一只手放在我头上。随着时间的推移，我感觉到他的手越来越瘦、越来越苍白，压在我身上的重量也越来越重。

海伦经常陪在他身边，念书或者唱歌给他听，和他说说话，他们两个人的感情达到了前所未有的亲密。海伦将母亲的画像挂在他的床头，他会连着好几个小时跟海伦讲关于她母亲的事情。有时候希瑟顿先生很健忘，一个问题问好几遍，海伦不厌其烦地回答他的问题。有时候他会突然想起来，然后笑了出来——与其说是笑，不如说是在呜咽。

瓦尔很温柔，看到海伦的脸色日渐苍白，他吓了一跳。“海伦，你得出门走走，不然会把自己给累垮的。”海伦的父亲睡着后，瓦尔在海伦耳边轻声说道。但是海伦摇了摇头说：“我不在的话，他会想我的。”瓦尔吻了吻她，作为回应。

有一阵子希瑟顿先生很少说话。他会打个盹儿，手里还握着海伦的手。海伦问他是否感觉舒服一点儿，他点点头微笑着回应。

终于，他陷入了昏迷，医生说他所剩的时日不多了。从那天起，所有人都寸步不离地守在他的床边。有一天，当落日的余晖将世间万物镀成金色，他从昏迷中醒来，抬起头有些不安地巡视着房间，仿佛在寻找什么东西。最后他的目光停留在他妻子的画像上，他的脸上浮现出了满足的微笑，然后又昏迷过去，但脸依然朝着妻子画像的方向，画中的脸在金色的光辉中熠熠生辉。

虚弱的他示意海伦和瓦尔靠近他的床边，将他们每人的一只手握在自己的一只手中，然后伸出另一只手，好像是要拿什么东西。利奇菲尔德太太想要去拿他的药，希瑟顿先生摇了摇头，露出不安的表情。海伦小声说道：“他想让你过来，姑妈。”她边说着边将姑妈的手放到了父亲的手中。希瑟顿先生的脸上又浮现出心满意足的表情，嘴角上扬，露出了小孩子一样的微笑，没过多久，他就像那西沉的太阳，走完了一生。

第十三章

举行希瑟顿先生葬礼的那天，我被人给偷走了。事情是这样的：那天在最后一列马车离开房子时，厨师突然想起他因为葬礼的事情悲伤过度而忘记给我吃东西了，于是她回到海伦的房间来找我，并因她的疏忽而自责。我因为脑海里只想着海伦以及海伦正经历的悲痛，也没有胃口。厨师跟贝婷说让我去外面呼吸一下新鲜空气，这样胃口应该就会好起来了，于是，贝婷就把我带到了后院。

我在后院待了没一会儿，就被一个从围墙外面翻进来的男人逮住并塞进了一个袋子里。那个男人迅速地翻墙出去，我还没反应过来就被扔到一辆小马车里，马车很快就走远了。

袋子将我紧紧地裹住，我没办法分清这两个男人到底要把我带到什么地方。不过从他们的对话中可以知道，他们中有一个人在围墙外守着马车，另一个人潜伏到后院来抓我，抓我的原因一半是因为想获得奖赏，一半是出于报复。

原来是苏珊，我的旧敌，是她告诉他们去哪里抓我的。我被他们带到苏珊舅妈位于郊区的家里，直到苏珊把钱给了那两个男人，我才被放了出来。苏珊的舅妈是个正直的人，绝对不会做出接纳赃物的事情，苏珊骗她舅妈说我是别人送给她的，在找到合适的领养人之前，暂时把我放在舅妈这里养着。这些都是我听来的。

我被他们从袋子里放出来，那个男人用双脚夹住我的头，免得我逃跑，然后从口袋里掏出一根绳索，套在我的头上，把我带到了后院。

那个人跟苏珊的舅妈解释了自己的来访原因后，苏珊的舅妈透过眼镜凝视着我，她看上去应该是认识那个男人的。她说苏珊是个好孩子，不过就这么把一只狗丢给自己，实在是太放肆了，但也没办法，苏珊天性如此。接着，她说“进来吧”，把我拉进了屋子，当着那个男人的面关上了门。

小屋里的一切都很舒适，比想象中的要整洁、干净，这在一个荒凉贫穷的地方确实很难得，因为周围很少有村舍和棚屋，街道都是没有铺过水泥的，空地上尽是一些空罐头盒和各种各样的垃圾。

苏珊的舅妈对我很友善，让我吃得好睡得好。不过她一直都用绳子把我系在椅子上，可能是怕我逃走吧，不过更有可能的是，她怕我跑到院子里咬死她养的鸡。

虽然我来这里已经两个星期了，但是始终不知道邻居长什么样。我曾试着往门外看一眼，但是她马上把我拽进屋子里，嘴里喃喃地说道：“这只狗一定是闻到了那些鸡的味道。”

有一天她出门去了，留下我单独在屋子里，还是用绳子把我系在椅子上，幸好椅子很轻，我可以勉强拖着它来到窗前。这么多天以来，我第一次感觉到了“自由”的滋味，我怀着极大的兴趣环顾四周。窗外的街区看上去有点儿熟悉。隔壁的房子是一栋简陋的小棚屋，让我感觉似曾相识。我很努力地想要理清思路，这时门开了，出来了一个红脸的老奶奶，手上还拿着一个晃眼的牛奶瓶。

我一下子就认出了她，是丁尼的奶奶。我看到她之后冲着她大声地喊叫，希望引起她的注意，但是她并不知道我在哪儿，直到我挣脱了系在身上的绳子冲出去跑到她眼前。

她马上认出了我。“这不是托比吗！这小家伙又走丢了吧，它还记得我们这几个朋友呢。那位女士还会过来把它带回家的吧？好久都没见着你了呀，托比。”她很温柔地抚摸了我，然后把我带到她的屋子里，想要等丁尼回来时给他一个惊喜，之后拿着牛奶瓶走了。

站在丁尼家的窗边，可以看到我刚刚离开的苏珊舅妈的家。很快，苏珊的舅妈办事回来了。她发现我不在，急忙出门找我，从被挣脱的绳子可以看出我走得很匆忙。我看到她在大街上左顾右盼，寻找我的踪迹，但哪儿也找不到我的影子。她的脸上却似乎露出了宽慰的神色，似乎在说：“我已经尽力了，但是找不到我也没办法。而现在，谢天谢地，我的鸡终于安全了。”

丁尼回来了，可以看出他很高兴看见我。他把我拥在怀里，喊了各种宠物的昵称，然后让我做以前他教过我的一些小把戏，但是我差不多都给忘记了，重新做起来时笨手笨脚的。

丁尼已经长成了一个小伙子，跟其他同龄人一样能跑能跳了。他肩膀之间的肿块还在，不过看起来比以前小了很多。奶奶回来后，他们聊了很多，最后丁尼决定，第二天一早去镇上上班之前他将我送回我的女主人那里。丁尼工作的地方是个大商场，现在他赚了很多钱，因此祖孙两人过得也很舒坦。

他们对我早已被卖掉的事并不知情，以为我的主人还是多莉和约翰。丁尼找到以前多莉留给他的地址，将它放入自己的帽子内方便第二天用。我们睡下后，丁尼跟他的奶奶说："奶奶，要是那位女士搬家了怎么办？"老妇人回答道："那我们就问问他们的邻居知不知道他们搬到哪里去了。睡吧，小伙子。"

读者们可以想象，那晚我是怎么也睡不着了。逃跑的喜悦和即将再次见到主人的心情让我无比激动，我完全没有睡意，想念着海伦的音容笑貌。我不见了，海伦一定很想念我，好在有瓦尔在她身边安抚她的情绪，不过她对我的想念怎么也不会比得上多莉对我的思念。在某种程度上，虽然我到了海伦家，但心里还是觉得自己是属于多莉的。想到明天就可以重新回到多莉身边，我几乎高兴得要狂吠起来。

好不容易等到天亮，丁尼吃完早餐，又给我吃了东西，吻过奶奶便出发了。到我旧主人家的路途非常遥远，但我们最后还是到了。丁尼读了门牌上的名字，发现不是我的主人的名字，我的心沉了下去。“您可以告诉我之前住在这里的先生现在的地址吗？”丁尼问开门的女孩儿，女孩儿把地址写在纸上给了他。她说就在离这里不远的地方，坐有轨电车过去的话大概要半个小时，于是丁尼带着我坐上了最早的一班电车。

司机允许丁尼把我抱在腿上。透过窗户，我第一次看见了绿野，目光所及之处尽是一片绿地，我愉悦地呼吸着清甜的空气。等我们到达地址上所指的地方后，丁尼很快就找到了他们的家。那是一所很漂亮的大房子，房屋周围有许多树木和藤蔓，树与树之前吊了许多吊床，房子被花花草草包围着。我们快步来到门前，丁尼按响了门铃。

“我们能见见女主人吗？”丁尼问，他说的我们也包括我在内。

“好的，请稍等。”开门的方脸女孩儿微笑着回答道。

“谁来了，诺拉？”一个温柔却悲伤的声音传来。诺拉回答道：“是一个小男孩儿带着一只狗来了。”我越过那个女孩儿跑进客厅，因为我认出了多莉的声音。但眼前这个脸色苍白、坐在安乐椅上的夫人真的是多莉吗？她看上去比以前老了很多，头上长了很多白发。我走上前去闻她的气味，想确

多莉和约翰的新家

定她是否是多莉。她伸出手来确定我的位置，摸了摸我的鼻子，然后大声地喊出了我的名字：“维克！”我便知道她就是多莉，她也知道我是维克。

她抱着我哭了很久，眼泪落到我的头上，我舔了舔她的双手，她伸出手想要找纸巾来擦干自己的眼泪——尽管纸巾就在眼前，她却看不见——我的女主人现在已经失明了。

第十四章

丁尼把发现我的经过告诉了那个用人，然后她把丁尼的话告诉了女主人。多莉说其中有误会，她会等丈夫回来再把我送回我的新主人那里去，虽然她也不知道我的新主人是谁。她叹了口气，似乎不愿意与我再次分离。她问诺拉，将我带回来的是否是一个脸上长着雀斑、背有点儿弓的男孩儿。诺拉回答说“是”，多莉一下子哭起来，说：“一定是丁尼！诺拉，快把他带来见我。”她们说话的时候，多莉一直紧紧地抱着我，仿佛怕我再一次从她身边离开。

害羞的丁尼跟在诺拉后面走进客厅。“丁尼，原来你还记得我。”多莉说，“我也没有忘记你，可是我的眼睛不好，看不见你了，快到我身边来让我感受一下你长多高了。”她的双手轻轻地摸了摸丁尼的脸和肩膀，以此来判断丁尼的身高。“你已经是个小伙子了，那个医生说得对，他们把你给治好了，对吗？快跟我说说。不过还是先跟我讲讲你是怎么找到维克的吧。”

丁尼把自己知道的都告诉了她。他说不是他们找到我的，而是我找到他们的。说也奇怪，他也不知道我是怎么找到他们的。然后他对多莉说了自己的情况和他奶奶的情况，说那个医生把他留在医院里很长一段时间，他被送回家的时候病已经好了很多。然后他讲了自己如何开始卖报纸，然后在大商场工作，赚了不少钱。多莉听了很为他高兴。

等他讲完自己所有的故事，他很小心地问多莉："您呢？这么久没见，您的眼睛什么时候开始看不见的？"

"已经好几个月了，亲爱的。"她说。

"说不定之前帮我治疗的那个医生可以帮到你。"小伙子建议说。

"说不好，我已经试了很多医生了。"然后她将话题重新转移到我身上。

过了一会儿，丁尼说他要回去上班了。他很不情愿地收下了多莉给他的钱，那是犒劳他将我带回来的辛苦费。

我走了以后，多莉和约翰的生活越过越好，钱再也不是个问题，约翰的身体也日渐强壮。但是因为忧虑过度及高强度的劳作，多莉的视力越来越差，最终导致眼盲。尽管他们已经请了最好的医生来给她治疗，却也未见好转。约翰在家的时候，都是约翰扶着她，其他时候她都安静地在家坐着，脸上流露出悲伤、难过的神色。

约翰见到我很高兴，他说想把我留在身边，如果找到我的主人却又怕对方不肯将我卖给他们。"多莉，就算是偷也要把她留在你身边。"他开玩笑地说，不过他还是很努力地去寻找我后

多莉的眼睛看不见了

来的主人，我敢说他一定很庆幸至今为止还没有人来认领我。

看到约翰对多莉如此无微不至的照顾，我心里很感动。每次他都会将多莉背到院子里，拉着她的手摸摸院子里的花草，让她感受一下它们的生长。但曾经忙碌的多莉如今坐在椅子上，让我感到很心酸。只要约翰在家，他都会陪在她身边，当然我也会在她身边陪着。

最后约翰理清了线索，发现多德先生是唯一能说清事情原委的人。有一天，多德先生跟着约翰一起回家来，看到我之后笑着说我真是一个忠诚的朋友，寸步不离自己的主人。他们聊了很久，最后多德先生承诺帮约翰找到我后来的主人，并尽力将我买回来。

多德先生是个有趣的胖子，说话跟以前一样大声。虽然他一直在滔滔不绝地讲他新买的表针，不过我注意到他的眼睛总是盯着多莉，还眨个不停，并屡屡吞口水，像是咽下了一块什么东西似的。临走之前，他总是想让多莉也参与到谈话中，但讲话却一直不得要领，最后才吞吞吐吐地说："亲爱的，真想看到你好起来。"多莉听完他的话后跟以前一样哈哈大笑。

约翰听到多莉的笑声有一瞬间被镇住了，他跑到她跟前，拉起她的双手，哭着说："噢，多莉，快点儿再笑一次给我听听，听到你的笑声让我再开心不过了。"

多德先生的眼睛眨得更厉害了，也更加哽咽，他拿起手杖准备回家，却发现忘记了戴帽子。等他回来拿帽子的时候，又忘了带手杖。他将两样东西都拿齐之后，终于走远了。约翰给多莉描述多德先生刚刚的趣事，引得多莉又笑了起来。

那晚他们又聊了很久，约翰说他担心多莉再也笑不出来了，因为她现在眼睛看不见了，整日愁眉苦脸。多莉伸出双手去抚摸约翰，说：“约翰，我一直这么自私，只想到自己的痛苦，却不知道这对你来说也很难受。亲爱的，你能原谅我吗？”约翰告诉多莉，她是天底下最可爱、最无私的女人，如果能让她高兴，他宁愿不要任何东西。我冲他们叫起来，想让他们知道我多么爱他们，但是他们只顾着说笑、亲吻对方，并没有注意到我。最后我趴在地上，感觉被他们两个人冷落了。

那天以后，多莉像变了一个人似的。她有时候会兴高采烈，甚至好几次在她等约翰下班的时候我听到她在唱歌给自己听。她的声音很小、断断续续，仿佛已经忘记怎么唱了，我之所以能听到是因为我就在她的脚下躺着。

等海伦上门来看我们的时候，我们才知道多德先生已经找到了我后来的主人。海伦一开门，我就认出了她，跑到她的跟前跟她打招呼。从我不见那天起，已经过去好几个月了。之前她又苍白又瘦弱，现在的她却比较丰满，脸色更滋润，变得越来越漂亮了。

海伦见到我很开心，我骄傲地带她去见多莉，多莉坐在走廊上，走廊被藤蔓和鲜花包围着。多莉听到脚步声抬起头，海伦向她介绍了自己，说她刚从多德先生那边过来。她说多德先生跟她讲了很多我以前的事情，还告诉她我原先的主人想要把我买回去，这件事她们要晚点儿再讨论。

她们像两个老朋友那样聊起来。一个小时之后，海伦起身说要回去了。“关于维克，”她拉着多莉的手说，“我们下个月就要航海去欧洲，也没人在这边住了，要给维克找个地方住，所以您看能不能帮我照顾维克。她会是个很好的朋友，她爱您胜过爱我，她有你们照顾，我也会安心。再说我也不需要她陪着，因为……我很快就要结婚了。”海伦满脸通红，在多莉还来不及拒绝的时候吻了她，她向我们告别后就走了。

多莉摸索着走到种着紫茉莉的门廊时笑了。这些紫茉莉就是她的时钟，等花儿开的时候，她就知道约翰快要回家了。天色渐渐晚了，但花儿还没开放。多莉轻声叹了口气，问我：“维克，怎么有好消息的时候时间总是过得这么慢？”我朝她叫了叫，因为我看到约翰已经在山顶上朝家里走过来了。

第十五章

接下来的一年，我们在乡间生活得很平静，后来发生了一桩好事。要跟大家说清楚多莉的眼睛是怎么复明的，得花很长一段时间，在这期间她做了好几个月的治疗及痛苦的手术，最后我的女主人慢慢看得见了。

我永远也忘不了多莉从医院回来的那一天，医生刚刚解开她眼睛上的绷带，她就迫不及待地要回家了，因为她在医院已经待了好长一段时间。

在她回来之前，我一直看着窗外等着她。看到她的时候，她头上戴着一顶轻薄的面纱，避免眼睛适应不了光线。他们一进门，约翰就将她抱起并跳起舞来。他跳得太开心了，多莉笑着求他赶紧把她放下来。他把多莉放在椅子上，轻轻地揭开她的面纱。

等她一坐下，我便跳到她的膝上，多莉的注意力一直都在约翰身上，终于有机会让我靠近她了。她抱了抱我，一次次地对我说她有多么高兴我终于又回来了。大家应该记得，她已经很久没有见过我了，等她认真看我的时候，惊讶地发现我的耳朵上竟然长了一些白色的毛。

“约翰，帮我拿面镜子过来。”她好像突然想起了什么。约翰拿来一面镜子，弯下腰递给她。镜中的多莉变得容光焕发，往日的神采重现。她看着镜中的自己，满意地叹了口气，当她把头低下来的时候，发现自己头上长出了不少白发。

“天哪，约翰！”她悲痛地呼唤着约翰，镜子从她手中滑落，掉在地上摔成了碎片。

“怎么啦，多莉？”约翰小心翼翼地问道。

“为什么你都不告诉我？”

“告诉你什么，亲爱的？”约翰笑了笑。

“我变老了吗？”我的女主人哽咽着说道，她把头靠在约翰的肩膀上难过地哭泣。我不太明白，为什么她因为自己变老而如此难过呢？

多莉眼睛复明的时候是秋天，我们三个经常在房子后面的树林里散步好几个小时。多莉说她失明太久，错过了很多浪漫秋日的美景，她经常在一个地方坐上好几个小时，呼吸新鲜的空气。约翰给她捡来一些漂亮的落叶，而我看见活蹦乱跳的动物就去狩猎。

很快到了冬季，海伦旅行回来了，还带回来了一个小海伦。小海伦经常抓着我的耳朵咿咿呀呀地说话，而利奇菲尔德太太虽然经常跟海伦一块儿出门，但没怎么注意到我，提到我的时候依然用“它”这个词。利奇菲尔德太太明年也要结婚了，要搬去一个很远的城市居住，海伦和瓦尔也跟着过去，因为瓦尔在那边找到了一份不错的工作。他们在那个城市定居之后，多莉经常收到他们寄过来的海伦宝宝的照片，照片叠起来快要有一篮子那么多了。

多莉的身体状况在那个冬天越来越好，在圣诞节的时候发生了一件事情，我等会儿就要跟你们说说。

圣诞节前的那天早上，诺拉走进房间时显得很惊讶：“明天是不是有个派对？听说会有一个超级大的火鸡，足足有二十磅呢。”

约翰笑着说：“是啊，诺拉，我们会请一些流浪儿过来帮我们吃完这只火鸡。”

“流浪儿？千万别是一些小偷才好呀。”诺拉开玩笑地说着，随后走进了厨房。

第二天一早约翰就进了城，中午他带着三个衣衫褴褛的陌生人回来了，这些人都是他在街上随便找的。

“我本想邀请丁尼过来的，不过他有约了。”多莉给他们开门的时候，约翰笑着说，“这些小朋友是我在城里遇见的，他们是马库斯、哈里和雅各。孩子们，来跟太太握个手。”男孩儿们一个接一个地伸出脏脏的小手握住多莉白净的手。“很高兴见到你们，孩子们。”她说。男孩儿们都害羞地笑了笑，齐齐低头看着自己的脚。

多莉让他们坐在客厅的沙发上，他们太害羞了，不怎么讲话，约翰让我给他们表演几个小把戏。约翰把多莉叫上楼，留他们几个在客厅里。我知道留陌生人单独在客厅里是出于约翰的好心，果然男孩子们看见没有其他人就开始相互交流，很快就把这儿当自己的家了。他们看了房间里的家具和照片，并且发表了自己的意见。

看起来他们挺喜欢我的，一点儿也不怕我。哈里一直让我给他表演动作，直到我累得要命，趴在地上装作已经睡着了。

他们几个很有趣，马库斯是德国人，哈里是爱尔兰人，而年纪最小的雅各是犹太人。他们分别是十一岁、十岁和九岁。马库斯的脸蛋非常漂亮，长着黑溜溜的眼睛和小嘴巴；哈里长着个狮子鼻，满脸雀斑，眼睛是灰色的；雅各嘛，你要是看见他的脸准会笑的，因为他长着一个鹰钩鼻，眼睛有点儿斜视，说话的时候会发出鼻音。

等我的主人们从楼上下来，他们几个已经没有那么害羞了。多莉跟他们玩儿和唱歌，他们都笑得很开心。吃饭之前，约翰把他们带到浴室沐浴了一番，他们马上变得不一样了，浑身上下都很干净。

他们蹑手蹑脚地走进餐厅，胆战心惊地坐在各自的位置上不出声，不过他们看到我坐在窗户边伸长脖子看着餐桌的时候，都笑了出来。

女主人不让我在桌子上吃饭，不过允许我坐在窗户边，在那里我可以看到他们并听到他们说话。看着孩子们吃饭，我心里挺高兴。他们把盘子里的东西吃完之后，主人们马上给他们添满，马库斯吃饱后心满意足地叹了口气，而哈里吃饱后发出哼哼唧唧的声音。

“能有这么多吃的真好。”马库斯满怀心事地说。多莉听了他的话眼里泛起了泪花。“我们家太多人了，大家都吃不饱。”马库斯接着说，“我们这一顿要是在饭馆吃，要花三十五美分呢。”多莉说这是她听过的最实在的夸奖。

下午，马库斯和雅各坐在一起画画，而哈里对画画没什么兴趣，一个人愣愣地望着多莉放在角落里的吉他。

“亲爱的，这个吉他送给你吧。”多莉看出了哈里的心思，提出把吉他送给他，哈里满脸绯红，光顾着点头了。多莉他们假装没留意，让他单独把玩吉他。果然，大家听到了哈里弹奏吉他的声音，过了一会儿，这孩子就紧紧地抱着吉他睡着了。

“可怜的小家伙。”多莉小声说道。约翰的眼泪沾湿了眼睛，他用手背擦了擦。

那把吉他已经很老旧了。等哈里醒来后，多莉问他是否愿意把这把吉他带回家。

哈里的眼睛一下子湿润了，说：“我愿意，只是就算带回去也没用，我爸爸肯定会拿走的。”

“那你想不想再来我家，在这儿弹呢？”多莉问他。哈里说他愿意。

男孩儿们准备回家的时候，约翰给了他们每个人车费，还有一美元。多莉送了他们一些小礼物，还在他们的口袋里塞满了糖果和坚果。“孩子们，你们以后一定要再来看我们啊。”她诚恳地说道。

马库斯严肃地说：“好的，夫人，等感恩节的时候我们再来。”哈里满脸通红，只是笑笑不说话。雅各双手都插在装满了糖果的口袋里，高兴地说：“太好了，那我们下个星期再过来吧。”

在来这里之前，这三个男孩儿互相没有见过面，如今他们手牵着手走出了房门，成了最好的朋友。他们三个之中，我们再也没有见过雅各。马库斯来过几次，每次来都会画画或者跟约翰和多莉聊天，看他变得这么有礼貌，我们都很高兴。

哈里来过一次，他来的时候带了一个脸色苍白、饿得发慌的小孩儿。哈里给多莉介绍说那是奥斯卡。他比哈里更加沉默，除了吃饭的时候，几乎没有张过口。

哈里比第一次来的时候干净多了，但他的脸色还是很苍白，人也很瘦，说话时经常会剧烈地咳嗽。他的头上有一条疤痕，像是最近弄的，脸颊上青一块紫一块的，多莉心想难怪他不敢把吉他带回家去。

哈里弹了好几个小时的吉他，奥斯卡则在一旁看着，满脸羡慕。诺拉拉起自己的手风琴，奥斯卡听到手风琴的声音马上被吸引住了。哈里羞答答地说：“奥斯卡最喜欢手风琴了。”

天快黑了，多莉送别了哈里和奥斯卡。等他们走后，多莉悲伤地对约翰说："约翰，可能我们以后再也见不到这两个小家伙了。"

约翰摇摇头，说："不一定。"一个星期后，约翰去哈里家找他，发现他患了肺炎，病得很厉害。三天后，哈里去世了。我们果然再也见不到他们了。

第十六章

又到了夏天，多莉的身体似乎不是很好。有一天晚上，约翰回来的时候，看见多莉正在哭泣。我不太明白她为什么哭，因为今天下午海伦来拜访的时候她还好好的。

她把脸埋在沙发里，哭得很厉害，我想着法子要安慰她，她伸出手让我舔，慢慢变得安静了。但是她一听到约翰进门的声音，就又开始哭个不停。

约翰很担心她。“怎么了，发生什么事了？”约翰关怀地问。多莉只是摇摇头，没有说话。“是不是水果罐头吃坏肚子了？还是在诺拉床上又发现了虫子？”约翰问，绞尽脑汁地想能让多莉哭成这样的原因。

“不是，”多莉哭着说，“没有发生什么事，只是我有种不好的预感。”

“难道是要发生什么自然灾害？台风还是地震？要是真的会发生的话，我们也应该尽早做些准备。”约翰听了多莉的话笑着说。

“约翰，别开玩笑。”多莉哽咽着说。约翰把她抱在怀里，像妈妈一样安抚她。到了下午茶的时间，多莉的情绪已经平复了很多。

约翰第二天收到了一张明信片，他大声地读了出来：

亲爱的约翰：

我跟威廉将会上门拜访一段时间，如没有特别的事情，大概明天就会到。

你最爱的舅妈伊莉莎

“看吧，”多莉说，“我就知道会是这样。”

“多莉，”约翰说，“你的第六感真准，我以后再也不敢嘲笑你了。”他们两个哈哈大笑起来。诺拉听到了声音，过来看是不是多莉喊她过去。

每次有什么趣事，诺拉总不会错过，每次都会进来看多莉是不是要找她。

第二天，客人们果然都到了。伊莉莎是约翰的舅妈，威廉是舅妈的父亲。威廉已经八十多岁了，不过他的身体还很健康，人也非常友善。

伊莉莎舅妈差不多五十岁，镶着一副不协调的假牙，不过这都怪那牙医。每当她说话的时候，尽是往外喷唾沫星子，要命的是她话也说得多，不过基本上都是跟多莉讲话，很少跟约翰说话。

等他们坐下喝茶的时候，威廉小心翼翼地把他的餐巾纸放到一边，尽量不打乱诺拉精心布置的餐具，然后把自己的手帕塞到衣领内，摆出时髦的造型。

“爸爸！”舅妈严厉地说。威廉看着他的女儿，发现她正盯着自己的手帕看。“没关系啦，”他说，“我还有一张留着擦鼻涕呢，莉兹！”

伊莉莎舅妈一脸鄙视地看着他。

诺拉端上草莓跟冰激凌后，又给大家递上茶匙。威廉摇摇头。“不用了，谢谢。”他说，然后拿茶杯里的勺子去吃水果。

伊莉莎看到他这样，告诫他说：“爸爸！”

“好啦好啦。”他说，然后拿起诺拉拿来的茶匙，“这样你满意了吧？”

伊莉莎没说话，要是她觉得满意的话就不会看起来这么不高兴了。

晚饭过后，两个男人到花园里抽烟。约翰抽的是雪茄，给威廉的则是一支荷兰烟斗。两人正抽得高兴时，威廉看到伊莉莎的身影在隔壁房间，便对约翰说：“莉兹鼻子灵得很，我们还是到外面抽吧。”他们边抽边往远离院子的地方走去，我跟在他们后边，最后他们在一棵大山毛榉树下停了下来。

威廉沉默了好长一阵子。“约翰，”他说，“你试过在有很多女人的地方生活过吗？”

“没有。”约翰笑着回答道，“我只跟多莉一起生活过，你也知道我没有其他的姐妹。”

“我知道。”威廉打断道，“但是你应该见识到她们的厉害了，成天唠唠叨叨的！”

他们又开始沉默，夏日夜晚中知了和马匹的叫声划破了黑夜里的静默。连我都能察觉到，这夜色中滋生了一股悲伤的情绪。

老人先开了口，打破了沉默。“约翰，你还记得你的莉迪娅舅妈吗？”他问约翰。

“不记得，莉迪娅舅妈在我出生之前就去世了。”

“那时候莉兹还是个孩子。”他抽了一口烟，接着说，“莉迪娅是个好孩子，大家对她抱有很大期望，莉兹很喜欢她，尽管她们之间并没有血缘关系。不过莉兹跟莉迪娅没什么往来，平日里她都是跟我相处得比较多。”威廉说完叹了口气。

很快他们就准备回屋，快到家时，威廉抓住约翰的手臂对他说：“看到那颗星星了吗？”他用手上的烟斗指了指北边的一颗星星，接着说：“大约六十年前，莉迪娅和我经常抬头看那颗星星。”

威廉进了屋，伊莉莎又发话了：“爸爸，你又抽烟了！”

“嗯！”他有点儿不高兴地回答说。

“你眼睛怎么这么红？”

“风太大，被烟呛到了。”老人说，虽然外边根本就没有风。

威廉跟伊莉莎舅妈在家里待了一个星期，威廉每天都跟约翰到镇上去，而伊莉莎则在家里跟多莉待在一起。她给多莉讲了很多约翰小时候的事情，还说约翰妈妈一家都患了淋巴结核的病，幸好多莉跟约翰没生孩子，要不然孩子很有可能也是体弱多病。

伊莉莎将报纸铺在毯子上，避免阳光直晒导致褪色。还问多莉有没有把闲置的衣服收起来，防止哪天她突然“仙逝”了。伊莉莎舅妈很少谈到死亡，每次说到这个话题时都会说“仙逝”，看得出来，多莉听到这个词直发抖。

她让多莉缝两床被子，说等她回来的时候多莉一定缝好了。我的女主人对针线活一窍不通，缝出来的线没有一根是直的，并且她还不会打结。之前她都是让约翰来做，现在可不敢让伊莉莎来帮她，于是只好硬着头皮做，她的手指被针戳破了，眼睛也花了，伊莉莎舅妈应该会称赞她认真吧。

伊莉莎舅妈看到多莉还没弄好，有点儿惊讶。不过她试着帮多莉完成剩下的，多莉不赞成——多莉会用“约翰不赞成”为借口——这时伊丽莎说：“当然了，淋巴结核嘛！”

多莉问约翰这个词到底是什么意思，约翰说他也不知道，只是家族里面总是有人会诅咒别人得上这个病。他说自己看过得了这种病的人的照片，在卖专利药的广告上也看到过，得病的人看上去很痛苦。虽然家里常常有人提到这种病，但也没人真正患上过，所以他也不知道。多莉听完松了一口气。约翰说：

“伊莉莎舅妈最近应该跟你说了很多吧？她有没有跟你说过我小时候智力发育很迟缓？”

“有。”多莉说。

“看来你不相信。”

约翰吻了多莉之后就走开了。

伊莉莎舅妈问多莉是否听说过约翰妈妈家里有精神病的事情，多莉说：“没听说过。”然后她问舅妈为什么这么问，伊莉莎回答说：“没什么。”她说只是想知道多莉了不了解什么事情而已，伊莉莎这么神神秘秘的，让多莉感觉有点儿云里雾里。

伊莉莎舅妈还问他们怎么处理我身上的跳蚤，多莉说我从来没长过这种东西。她说他们其实不必跟她说这个，还问为什么他们不养只个头儿大一点儿的狗来看家。她还跟多莉说诺拉太浪费粮食了，难怪之前约翰的手头很紧。伊莉莎说了一大堆，她说的话都可以写成一本书了。

多莉很少说话。一个星期后，威廉说他们已经待了很久了，准备要回家。他说：“我们打扰到多莉了，是时候回家去了，要不然你们以后都不欢迎我们了。”约翰让他们再多待几天，伊莉莎倾向留下来，而威廉则说得赶紧回家去了。最后约翰拗不过威廉，只好与他们告别。“多莉，再见了。自己保重。”威廉临走前跟多莉告别，然后边擦着眼泪边走向大门。

约翰把那只荷兰烟斗送给威廉作为礼物，威廉很喜欢用烟斗抽烟。烟斗被威廉放在口袋里，露出来的把儿让我看见了，便祈祷伊莉莎不会发现。事实上，她也并没有发现。

伊莉莎走后，多莉花了一个星期才平复了心情。“约翰，我有试着去喜欢你的家庭，不过，我还是希望下次威廉一个人来就好了。”她把头靠在约翰的肩膀上，细声地说。约翰回复说：“同感。”

第十七章

忘记了是次年还是更晚的时候，我遇到了明格斯。一个陌生人买下了约翰家旁边的那块地，建了所气派的房子。我家主人的房子也很大，有飘窗、门廊，大家都说这房子看上去非常舒适美观。房子占地面积很大，保养得很好，是个适宜居住的地方。

隔壁用石头建成的房子更加气派，装饰了不少彩色的玻璃，但是总觉得缺少了点儿什么，多莉一直说不上来。第一个在这所房子里住的人也跟这房子一样，英姿飒爽，但就是让人感觉不舒服。我说不上哪里不对劲。但是那里住着的老态龙钟的明格斯，长相普通，跟这房子一点儿也不相配。

他是只杂种狗，黄白颜色相间，体形庞大笨重，鼻子很短，耳朵成天耷拉着。我不知道他更像是哪一种犬，有一次问他，他自己也说不上来，或许他从未想过这个问题，只是一味啃一根脏兮兮的满是油脂的骨头，在我面前甩甩他粗大的脏尾巴。

可能我在明格斯面前展现自身血统的高贵过于傲慢了，不过他对此表示宽容。约翰常常对我的血统表现得很自豪，而我

明格斯

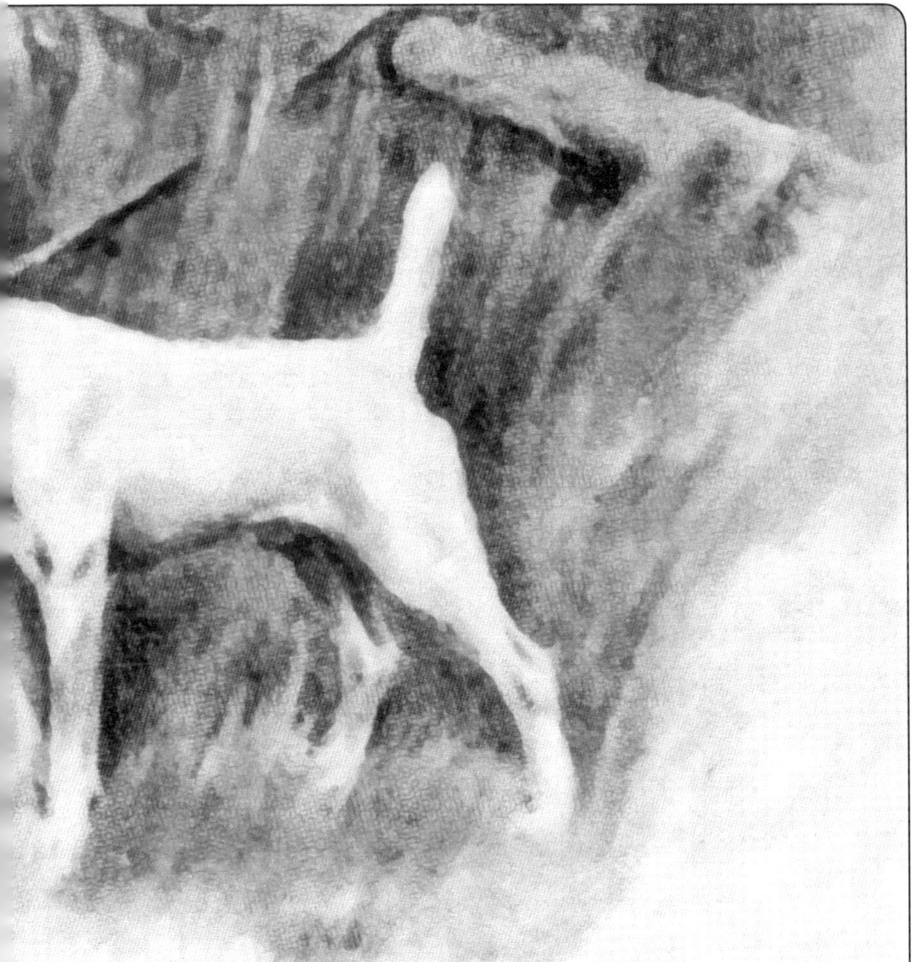

因此也日渐觉得自己很重要。多莉也常常跟上门拜访的客人说到我的血统，在她眼里我是只温柔、高贵的纯种犬，跟那些满大街乱跑的普通狗不一样。虽然她拿我跟街上的狗做比较，但每次她在街上遇见他们，总会去抚摸他们，还会说上几句好听的话。多莉这么善良，就算是残疾的三条腿的狗在她眼里也是可爱的。

我是这样认识明格斯的：隔壁邻居刚搬来住的那天，多莉和约翰出门去了，诺拉居然把我也关在外面，我正好困得想睡个觉，这下子只能在门外咆哮着等她来开门了。

但是我不想叫得太大声，以免隔壁的明格斯注意到我，于是我安安静静地在院子里待了好长时间。明格斯看起来挺友善的，他收集了一堆骨头，在隔壁的院子里摇着尾巴望着我，仿佛在说："快到这里来。"

一开始我假装没看见他，但是自己待着实在太无聊，于是我从围栏下面钻进了他们的院子。过去之后，我并没有说话，只是站着。等他开口说话，这才化解了尴尬。他说我过来又不理他，那为什么要过来呢?

明格斯欢快地跳跃着，而我一开始冷冷地站在那里，最后还是忍不住跟他一起跑起来。他动作笨拙，把我撞倒在地，我觉得自己被羞辱了，假装一只腿受了伤，用三条腿支撑着往家的方向爬去。他跟在我身后，真诚地给我道歉。这件事情他本来没错，我自己也觉得很羞愧，于是转身回去跟他又一起玩了快一个小时，从此之后我们就是铁哥们儿了。

多莉回来看见我们，很欣慰我有了新朋友。她告诉约翰，我跟明格斯这样嬉笑打闹，正好可以当锻炼，她看得出来明格斯是个可以信赖的朋友。

多莉常常隔着围栏跟明格斯讲话，他很喜欢她这样。据我所知，他的主人虽然给他好吃好喝的，但从来没有把他当成家里的一分子，从来不让他进房子里。要是他踏进家门一步，他的主人就会大声斥责他："别进来！"每次这样，他就觉得内心受到了伤害。

他说因为没人关心他身体脏不脏，所以他自己对卫生也不关心，经常弄得身上沾满了污泥和尘土，主人骂他的时候，他才会注意到。我很喜欢干净，于是常常说他不卫生。他说在遇见我之前，他从未关心过自己的卫生，不过为了我，他以后会把自己弄干净的。

他说他很羡慕我有爱我的主人，还说如果他的主人愿意，他也愿意为主人做任何事情，但他总是被误解。他曾说过，有一次主人的帽子掉了，他想去帮忙捡起来，主人却向他扔石头，让他走开一点儿。从那以后，他觉得自己一点儿用都没有。他说自己的名字并不好，要是他的主人喊他名字，他一定不答应，还躲在围栏下面。可是他躺在那里一天了，却没人叫过一次他的名字。我很难想象要是自己不被人关心会是什么滋味，所以替明格斯感到很难过。

明格斯也不总是消极悲伤，有时候还兴高采烈地蹦蹦跳跳。但也是因为他的这种亢奋，有一次给我带来了麻烦。

快到大扫除的时候了，这件事情对我来说意义重大。因为明格斯从来都不被允许进房子，所以他的主人打扫不打扫卫生对他来说没有任何影响，但这话刺激了我，因为每次大扫除，我总是忧心忡忡。

每次装修房子时，总会遇上拿着油漆桶的粉刷匠以及清理木制品的妇人，他们很不喜欢狗。在这种时候我是很不被人待见的，每次都是狼狈地走出房门，想着再也不要进去了。

还有就是那空荡荡的地板！我习惯了踩在铺着柔软地毯的地板上。每次大扫除，房子里面空荡荡的，毯子都被移开了，为了防止滑倒，我得小心翼翼地走在空荡荡的地板上，那样子看上去滑稽极了。这几年的大扫除，给我留下来的都是这样那样不愉快的记忆。

第十八章

要是一个人穿着和季节不搭配的衣服，会让人感觉很滑稽。我看见过约翰在大冬天戴着一顶夏天的草帽，穿着一件亚麻外套，夏天却穿着皮衣和厚外套在花园里给花浇水。今天早上很暖和，我看见主人穿着一件高领的毛衣，头上戴着一顶厚帽子，我就知道今天要大扫除了。

早餐过后，约翰就开始搬弄家具。“早点儿开始比较好。”多莉说。我则避开到了明格斯那边，跟他倾诉我的不满。这时他就说自己对这种事毫不在意。当然了，他说得简单，等他切切实实接触到油漆跟硬毛刷之后，他肯定不会再这么想的。

明格斯为了安慰我，给我看他珍藏很久的一根漂亮骨头，但是我心情不好，没兴趣吃骨头。然后他告诉我他知道有个地方可以找到猫，我说我以前追赶过猫咪，并因此被主人责骂了，所以不想去。他说没人会在意我们对那只猫做了什么，那只猫把自己的孩子都给咬了，她的主人巴不得有人把她给杀了——明格斯总是小道消息灵通。

我相信了他的话，觉得这猫咪实在可恶。“快点儿跟上。”

明格斯说，“我知道她在哪里，我一定会让你有机会逮住她的。”

于是我们开始往那只猫所在的地方出发。“在那儿！”他得意扬扬地说，“她在那里打盹儿呢。”他点了点头，指向那只在谷仓外的台阶上懒洋洋躺着的大灰猫。从来都没有狗可以逮到一只猫，除非那只猫又老又盲，而眼前这只看起来很健康。在明格斯的怂恿之下，我把那只猫给杀死了。我站在尸体旁边，为自己杀了一只让人讨厌的猫而扬扬得意，没想到明格斯突然变得很不安。“维克，我们杀错猫了。”意识到犯下的错误，我们两个一言不发地回到自己的家里，心里满是内疚。

我不敢进家门，不是因为家里大扫除，而是因为多莉一定会看见我身上的血迹和抓伤，肯定会猜到我刚才去干吗了。于是我蜷缩在地窖旁边的路上，直到约翰抱着一堆地毯走过来，绊在我身上摔了一跤，从楼梯上滚了下去。

在他爬起来的空当，我躲在煤箱后面，所以他摸不着头脑，不知道自己到底是怎么跌倒的。我在这脏兮兮的地方睡着了，直到被窗外一个刺耳的声音吵醒：“是她干的，那只白色的耳朵上长着黑色斑块的家伙，我看到她了。”不用再听下去，我也知道他们在说什么，于是我躲在那里一直不出去。

他们找到我的时候已经天黑了，是约翰碰巧找到我的，本来他想找钉锤，把阁楼跟地窖都翻了个遍，最后没找到钉锤，反倒是在煤箱后面找到了浑身脏兮兮、羞愧难当的我。多莉找了我一天，最后绝望地放弃了。找到我之后，她没在意我身上有多脏，紧紧地把我抱在怀里。

“我可怜的老维克，这不是你的错，都怪那个明格斯，以后你不应该再跟他玩耍了。”她把我抱在怀里，一口气说了这么多。我倒是宁愿她责骂我，明格斯一点儿错也没有。

从此之后，多莉只要看到明格斯在外面，就不再让我走出房门半步。我常常在窗边看着那个可怜的家伙沿着围栏来回地走，可怜巴巴地朝着我们这边看，希望我像以前一样跟他一起玩儿。我有多莉，所以感觉没什么，只是可怜的明格斯除了我之外，没人关心他，他现在应该非常孤独。

我的女主人被明格斯打动了，她到门外叫他的名字，让他过来。明格斯喜出望外地跑到她的脚下，开心地躺在地上撒娇，舔了舔她的手表示愉快。她招呼他进我们家，但因为以前他想进房门的时候主人总是骂他，所以他一直站在门外不敢进去。于是多莉把我叫出来，他见到我很开心，马上跟我玩了起来。自此之后，多莉有时候会让我出来跟他玩，但她还是不放心，在我们玩的时候总在旁边看着。

过了没多久，明格斯做了一件高尚的事情，献出了自己的生命。有一天，他的主人深夜回家，快走到门前的时候，突然不知从哪里跑出来一只凶猛的大狗，还听见有人大喊“疯狗”。他的主人还没意识到自己身处险境，明格斯就冲上去咬住了那只狗的喉咙，他们互相撕咬起来。最后，为了公众安全，那只狗被射杀了，明格斯在打斗中被咬伤了很多处，最后也被枪射杀了。

我的主人说，看见明格斯爬向他主人的脚，恳求地望着他的主人，渴望寻求保护的那个场景实在太触目惊心。他的主人救不了他，也不忍心看着他被打死，于是退回了屋子里。明格斯看着主人离去，随着最后一声枪声停歇，他的心也跟着停止了跳动。

明格斯死后，他的主人把他埋在了花园下面，竖了一块刻有他名字的木牌在他的坟墓上。主人叫了朋友们一起过来为明格斯祈祷，说了许多赞扬他的话，说有这么一条忠诚的狗是最值得骄傲的事情。

随后发生了一件奇怪的事情，明格斯的主人跟他的马车夫发生了矛盾，气愤地将马车夫解雇了。第二天，在明格斯的墓碑上，出现了一行写得歪歪扭扭的文字，意思是明格斯蔑视他的主人，不值得被尊敬。说也奇怪，他的主人从来都没有在碑上写过这些话。他把房子卖掉之后，有新买主住进了这所房子，但不知道房子的新主人知不知道花园里有这么一座坟墓，因为那里已经长满了灌木和野草，可能只有熟悉那个地方的人才能找到吧。

有一天我看到那座坟墓还在那儿。我不得不穿过那些郁郁葱葱的野草和灌木，才能看清木牌上的字迹：

明格斯

他比他的主人更像个爷们儿。

第十九章

这件事情之后，我的日子过得很舒服快乐，但是每次想到明格斯，总会觉得光阴似箭，自己变得越来越老。

当然了，对于一只狗来说，九岁并不是很大的年纪，只是这一切好与不好，都在于自己的期望与现实之间的差距是否太大。

年老的维克常常靠着壁炉躺着

约翰、多莉和维克后来一直生活在这里

我的膝盖越来越僵硬了，也不像从前那样喜欢锻炼身体，多莉说我越来越懒、越来越胖，什么事情也做不了。我确实常常靠着壁炉躺着，但因为这是冬天哪，我比从前更怕冷了。也不知道为什么，我越来越离不开多莉，每次她出门我都要跟着，只是一旦走远了，我就开始上气不接下气。

有一天，约翰把我一颗松动的牙齿拔了出来，多莉在旁边看着，为我捏了一把汗，像是给她拔牙似的。约翰笑她胆子太小，她说她是因为怕伤到我，所以才这么紧张。不过看到牙齿拔出来的时候，她还是兴致勃勃地在一旁看着的。

然后她抱着约翰的脖子说："你永远都是我的老约翰，我们以前穷困潦倒时的记忆最打动我，虽然我们的饭厅没有足够的椅子，你的衣服也总是破破烂烂的。"

我想主人也被曾经的记忆感动了，他的眼睛湿润了，闪着泪光。他把多莉抱在胸前，吻了她。多莉伸出手将我抱在怀里。"亲爱的维克，你也是我们的家人。"她温柔地说。主人用双手把我和多莉抱在怀里，深情地说道："是的，多莉，还有维克。"

译后记

《狐狸犬维克的故事》以维克的第一人称视角，也就是一只狗的角度来讲述它一生所经历的人和事。小狐狸犬维克诞生在一间酒吧后的空屋子里，跟妈妈和兄弟姐妹们一起无忧无虑地生活了一段时间，然而这种快乐的生活是短暂的。很快，维克就被一个叫吉姆的年轻人看中了，想要抱养它，但最后由于年轻人的未婚妻不喜欢狗，它便被吉姆的朋友领养了。

维克在新主人的家里过得很快乐，经常跟女主人一起出门。有一天，女主人在街上跟熟人聊天，维克跟街上遇见的一只猫打了起来，最后迷了路，找不着女主人了。维克又累又困，像个无家可归的可怜人一样在人迹罕至的街上躺着的时候，遇见了一位卖牛奶的老奶奶，老奶奶把它带回了家，它因而也认识了老奶奶那卧病在床的孙子丁尼。他们细心地照顾维克，让它赶快好起来。丁尼还教维克蹲坐和打滚儿，还有其他一些小技巧。

有一天，有个医生出现，他说他可以治好丁尼的病，也就是在那一天，维克在窗外看到了女主人多莉，跟着多莉回了家。可是回家后不久，主人家里的经济状况变得很不好，再也没有经济能力继续养着维克，他们不得不把维克卖给别人。维克被卖到犬类训练营后，它遇到了新主人——一个叫海伦的小女孩儿。维克在海伦的家里过得很开心，但美中不足的是，家里的用人们对维克的态度很不好，特别是女管家苏珊。苏珊偷了主人家里值钱的银匙而被解雇了，但她对维克一直耿耿于怀，设法在举行希瑟顿先生——海伦的爸爸的葬礼那天，把维克给偷到了她在乡下的舅妈家里。然而幸运的是，在那里维克又遇见了丁尼的奶奶。丁尼最后又把维克送回了约翰和多莉家里。这时，多莉的眼睛因为忧虑及高强度的劳作，已经看不见了。尽管如此，维克跟主人们在接下来的一年里，在乡间生活得非常平静，多莉的眼睛也恢复了视力。直到一个陌生人买下了约翰家旁边那块地建了房子之后，维克认识了邻居家的狗——明格斯，这可怜的狗最后因为保护他的主人而被打死了。

维克的一生一波三折，但它最后的结局是美好的。

这本书从一个动物的视角来看待人类的善恶，让读者读起来就像是在读它自己写的自传，能更好地体会维克在经历这些事时的感受。

作为一本儿童故事书，从一个小动物的视角来看这个世界，可以帮助孩子们从天真善良的动物视角来看待世界，明辨是非。如果你是一位爱狗的读者，推荐你看这本书，维克的故事会让你爱不释手，它会告诉你，小动物也有最真挚、丰富的情感，这种情感往往比人类的更纯真。如果你不爱动物，这本书或许可以让你开始了解动物的内心世界，它们跟人类一样有着丰富的内心情感。一只狗往往不能在人类世界完全掌控自己的生活轨迹，它的命运被人类左右，因此需要我们人类给予它最大的善意。人类对动物的态度，动物可以直观地感受到，并投以最热情的回报。

维克从出生到年迈，辗转到了多个家庭，换了多个主人，但它对自己最初的主人依然忠心耿耿，把自己视为主人家里的一员，与他们快乐地生活在一起。在书中我们也可以看到一些人对待维克的态度是多么恶劣，生活中也有一些虐待动物的真实事件，所体现的是道德的缺失、真善美的遗失，应该成为儿童教育的反面教材。希望这本书可以引导孩子们更加爱护小动物，懂得“勿以善小而不为”。

黄珊于深圳

2016 年 11 月 21 日

R.H. MOORE del.

世界名著好享读（原版插画典藏版）

作品目录

01 安徒生童话

02 爱丽丝镜中奇遇记

03 穆福太太和她的朋友们

04 莎士比亚戏剧故事集

05 哥伦布发现美洲

06 格林童话

07 爱丽丝漫游仙境

08 鹅妈妈童谣与童话故事集

09 狐狸犬维克的故事

10 冰海惊魂

11 一千零一夜

12 海角乐园

13 写给孩子的圣经故事

14 花的寓言

15 写给儿童的自然史

16 伊索寓言

17 小人国和大人国

18 一个孩子的诗园

19 图西小姐的使命

20 非洲冒险记

21 鲁滨逊漂流记

22 天路历程

23 沉睡的国王

24 祖父的椅子

25 美西战争史